U0882558

从容是一辈子的事

林清玄 等 著

九州出版社
JIUZHOUPRESS

清风暖阳之下

简而美地生活

掩耳不听那尘世喧嚣

感受世间宁静的快乐

新寒中酒敲窗雨，残香细袅秋情绪。才道莫伤神，青衫湿一痕。
无聊成独卧，弹指韶光过。记得别伊时，桃花柳万丝。

清 纳兰性德

目·录

歌缥缈，舻呕哑，酒如清露鲊如花。

逢人问道归何处，笑指船儿此是家。

宋 陆游

懒向青门学种瓜，只将渔钓送年华。
双双新燕飞春岸，片片轻鸥落晚沙。

绿竹入幽径，青萝拂行衣。
欢言得所憩，美酒聊共挥。
长歌吟松风，曲尽河星稀。
我醉君复乐，陶然共忘机。

唐 李白

温一壶月光下酒

林清玄

我们可以用一个空瓶把今夜的桂花香装起来，等桂花谢了，秋天过去，再打开瓶盖，细细品尝。

煮雪如果真有其事，别的东西也可以留下，我们可以用一个空瓶把今夜的桂花香装起来，等桂花谢了，秋天过去，再打开瓶盖，细细品尝。

把初恋的温馨用一个精致的琉璃盒子盛装，等到青春过尽垂垂老矣的时候，掀开盒盖，扑面一股热流，足以使我们老怀堪慰。

这其中还有许多意想不到的情趣，譬如将月光装在酒壶里，用文火一起温了来喝……此中有真意，乃是酒仙的境界。

有一次与朋友住在狮头山，每天黄昏时候在刻着“即心是佛”的大石头下开怀痛饮，常喝到月色满布才回到和尚庙睡觉，过着神仙一样的生活。最后一天我们都喝得有点醉了，携着酒壶下山，走到山下时顿觉胸中都是山香云气，酒气不知道跑到何方，才知道喝酒原有这样的境界。

有时候抽象的事物也可以让我们感知，有时候实体的事物也能转眼化为无形，岁月当是明证，我们活着的时候真正感觉到自己是存在的，岁月的脚步一走过，转眼便如云烟无形。但是，这些消逝于无形的往事，却可以拿来下酒，酒后便会浮现出来。

喝酒是有哲学的，准备许多下酒菜，喝得杯盘狼藉是下乘的喝法；几粒花生米和盘豆腐干，和三五好友天南地北地闲聊是中乘的喝法；一个人独斟自酌，“举杯邀明月，对影成三人”，是上乘的喝法。

关于上乘的喝法，春天的时候，面对满园怒放的杜鹃细饮五加皮酒；夏天的时候，在满树狂花中痛饮啤酒；秋日薄暮，用菊花煮竹叶青，人与海棠俱醉；冬寒时节则面对篱笆间的忍冬花，用腊梅温一壶大曲。这种种，就到了无物不可下酒的境界。

当然，诗词也可以下酒。

俞文豹在《历代诗余引吹剑录》谈到一个故事，提到苏东坡有一次在玉堂日，有一幕士善歌，东坡因问曰：“我词何如柳七（即柳永）？”幕士对曰：“柳郎中词，只合十七八女郎，执红牙板，歌‘杨柳岸，晓风残月’。学士词，须关西大汉、铜琵琶、铁棹板，唱‘大江东去’。”东坡为之绝倒。

这个故事也能引用到饮酒上来，喝淡酒的时候，宜读李清照；喝甜酒时，宜读柳永；喝烈酒则大歌东坡词。其他如辛弃疾，应饮高粱小口；读放翁，应大口喝大曲；读李后主，要用马祖老酒煮姜汁到出怨苦味时最好；至于陶渊明、李太白则浓淡皆宜，狂饮细品皆可。

喝纯酒自然有真味，但酒中别掺物事，也自有情趣。范成大在《骖鸾录》里提到："番禺人作心字香，用素茉莉未开者，着净器，薄劈沉香，层层相间封，日一易，不待花蔫，花过香成。"我想，做茉莉心香的法门也是掺酒的法门，有时不必直掺，方能有纯酒的真味，也有纯酒所无的余香。我有一位朋友善做葡萄酒，酿酒时以秋天桂花围塞，酒成之际，桂香袅袅，直似天品。

我们读唐宋诗词，乃知饮酒不是容易的事，遥想李白当看斗酒诗百篇，气势如奔雷，作诗则如长鲸吸百川，可以知道这年头饮酒的人实在没有气魄。现代人饮酒讲格调，不讲诗酒。袁枚在《随园诗话》里提过杨诚斋的话："从来天分低拙之人，好谈格调，而不解风趣，何也？格调是空架子，有腔口易描，风趣专写性灵，非天才不辨。"在秦楼酒馆饮酒作乐，这是格调，能把去年的月光温到今年才下酒，这是风趣，也是性灵，其中是有几分天分的。

《维摩经》里有一段天女散花的记载，正是菩萨为总经弟子讲经的时候，天女出现了，在菩萨与弟子之间遍洒鲜花，散布在菩萨身上的花全落在地上，散布在弟子身上的花却像粘黏那样粘在他们身上，弟子们不好意思，用神力想使它掉落也不掉落。仙女说："观诸菩萨花不着者，已断一切分别想故。譬如，人畏时，非人得其便。如是弟子畏生死故，色、声、香、味，触得其便也。已离畏者，一切五欲皆无能为也。结习未尽，花着身耳。结习尽者，花不着也。"

这也是非关格调，而是性灵。佛家虽然讲究酒、色、财、气四大皆空，我却觉得，喝酒倒可以达佛家境界。试问，若能忍把浮名，换作浅酌低唱，即使天女来散花也不能着身，荣辱皆忘，前尘往事化成一缕轻烟，尽成因果，不正是佛家所谓苦修、深修的境界吗?

春生屋角炉

张恨水

饿了烤它两三片面包，或者两三个咖喱饺子，甚至火烧夹着猪头肉，那种热的香味也很能刺人食欲，斟一杯热茶，就着吃，饱啖之后，还可伏案写一二小时呢。

一日过上清寺，看到某大厦三层楼，铁炉子烟囱，四处钻出，几个北方同伴，不约而同地喊了一声久违久违。煤炉这东西在北方实在是没啥稀奇，过了农历十月初一，所有北平的住户，屋里都须装上煤炉，第一等的，自然是屋子里安上热气管，尽管干净，但也有人嫌那不够味。第二等就是铁皮煤炉，将烟囱支出窗户或墙角去。第三等是所谓“白炉子”，乃是黄泥糊的，外层涂着白粉，一个铁架子支着，里面烧煤球。烧煤球有许多技巧，这里不能细说。但唯一的条件，必须把煤球烧得红透了，才可以端进屋子，否则会把屋子里的人熏死。每冬，巡警阁子里，都有解煤毒的药，预备市民随时取用，也可见中毒人之多。其实煤球烧红了，百分之百的保险，无奈那些懒而又怕冷的人，好在屋子里添煤，添完了就去睡暖炕，不中毒何待？

铁炉子比较卫生而干净。战前，有白钢或景泰蓝装饰的，大号也不过十一二元。普通的三四号炉子，只要三四元。白铁片烟囱，二毛几一节，黑铁的一毛几一节，一间屋子有二三十节足矣。所以安一个炉子计，材料共需十元上下。小炉子每冬烧门头沟煤约一吨半，若日夜不停地烧，也只是两吨，每吨价约十元上下。所以一间屋子的设备，加上引火柴块，也只是二十元。若烧山西红煤，约加百分之五十的用费，那就很考究了。你说，于今在重庆惊为至宝，咱们往年在北平住着的人听说，不会笑掉牙吗？

煤炉不光是取暖，在冬天，真有个趣味。书房屋角里安上一个炉子，讲究一点，可以花六七元钱，用四块白铁皮将它围上，免得烤煳了墙壁。尽管玻璃窗外，西北风作老虎叫，雪花像棉絮团向下掉，而炉子烧上大半炉煤块，下面炉口呼呼地冒着红光，屋子内会像暮春天气，人只能穿一件薄丝棉袍或厚夹袍。若是你爱穿西装，那更好，法兰绒的或哗叽的，都可以支持。书房照例是大小有些盆景，秋海棠，梅花，金菊，碧桃，晚菊，甚至夏天的各种草本花，颠倒四季，在案头或茶几上开着。两毛钱一个的玻璃金鱼缸，红的鱼，绿的草，放在案头，一般的供你一些活泼生机。

我是个有茶癖的人，炉头上，我向例放一只白搪瓷水壶，水是常沸，叮呤呤地响着，壶嘴里冒气。这样，屋子里的空气不会干燥，有水蒸气调和它。每当写稿到深夜，电灯灿白地照着花影，这个水壶的响声，很能助我们一点文思。古人所谓“瓶笙”，就是这玩艺了。假如你是个饮中君子，炉子上热它四两酒，烤着几样卤菜。坐在炉子边，边吃边喝，再剥几个大花生，你真会觉着炉子的可爱。假如你有个如花似玉的妻子伴着，两个人搬了椅子斜对炉子坐着，闲话一点天南地北，将南方去的闽橘或山橘，在炉上烤上两三个，香气四绕。你看女人穿着夹衣，脸是那样红红的。钟已十二点以后，除了雪花瑟瑟，此外万籁无声，年轻弟弟们，你还用我向下写吗？

我还是说我。过了半辈子夜生活，觉得没有北平的冬夜，给我以便利了。书房关闭在大雪的院子里，没有人搅扰我，也没有声音搅扰我。越写下去电灯越亮，炉子里火也越热，盆景里的花和果盘里的佛手在极静止的环境里供给我许多清香。饿了烤它两三片面包，或者两三个咖喱饺子，甚至火烧夹着猪头肉，那种热的香味也很能刺人食欲，斟一杯热茶，就着吃，饱啖之后，还可伏案写一二小时呢。

铁炉子呀！什么时候，你再回到我的书房一角落？

过年·萝卜糕·童年

林文月

看一块块乳白色的萝卜糕摆在餐桌上，真是美丽！我仿佛在孩子们的脸上照见了自己甜美的童年。

小时候，到了农历十二月底，看到母亲买回家大筐大筐的萝卜堆在厨房里，便知道快要过年了，不久家里又要蒸出一笼一笼的萝卜糕了，常常都是：果然有一天放学回家，进门就闻到香味，饭桌上堆着许多热腾腾的萝卜糕。等不及大人准许，我们便偷偷用手指挖来吃，情不自禁一口接一口，不一会儿工夫，就把那块萝卜糕吃掉一个角。

闽南人过年都要吃萝卜糕。我的童年虽然在上海度过，甚至也曾在东京住过，可是，无论家迁移到哪里，母亲总是让我们过有萝卜糕吃的年，所以在我印象里，过年和萝卜糕，便好像有密不可分的关系了。曾几何时，自己也已为人母，在潜意识中，我好像要在儿女的惊喜中寻回失去的童年似的。十多年来，每到旧历年底，无论工作多忙，我都会匀出一天的时间来制作萝卜糕。

通常都是在腊月二十五、六日左右做萝卜糕，这样子才不至于太匆忙，也不会使糕失去新鲜味儿。

早一天，我便去米店买好在来米，到菜市场熟悉的摊子去买萝卜。他们对于老主顾都有周到的服务，不仅不会在秤头上不老实，而且还自动乐意送货到家。我常觉得人情温暖，便在这些小小的地方。那米店的老板娘记性比我好，有时会提醒我："去年你们买的米多些，难道今年你不送人了吗？"她知道我们一家只有五口人，可是如今母亲年事已高，我每年都要顺便多做些，孝敬双亲的。有时我也喜欢送一些给朋友们尝尝，所以自己家里虽然人口简单，每回做的萝卜糕可也不少。

晚上先要把米淘清了浸在水里，萝卜也洗干净放在几个大锅中。第二天清早，阿婆会把那桶米提到附近的豆腐店，花二十块钱请人磨成粉浆，再请店里的伙计用脚踏车把那桶变重了的米浆载回来。这是阿婆体贴，她在我家帮佣十几年，晓得我晚上看书写文章，睡得晚，早晨不容易起早，所以等我下楼来，已经把米磨成浆，萝卜也刨成丝；这些准备工作，她都在我吃早点看报纸时做好。不过，只要我一放下报纸，她也绝不会多给我一分钟偷懒的时间。在频频的催促声下，我只好连忙卷起衣袖围上围裙下厨。

首先须炒作料。把切成丝的肉、香菇和虾米、花生，以及葱蒜等炒好，调味停妥，放置一边。然后，要把那略经焖煮过的萝卜丝与米浆混合在一起。这是成败关键所系的重要工作。通常我都是用三对一的比例来配合萝卜与米，可是水分的控制往往还是无法十分准确，水分太多，蒸出来的糕会因为过软而不能成形；水分太少，则又可能蒸出像石块一般硬的糕——过犹不及，都很糟糕。我用洗净的双手在桶子里翻搅萝卜丝与米浆，一边就让阿婆给我徐徐加入调味作料。这完全是手感的考验，感觉太稀，就加添些米浆；太稠了，便要注入一些萝卜汁。如此，一次又一次的来回搅动，一面又得注意咸淡适度。这种时候，阿婆的唠叨，常常会增加我心理的负荷。这么多年来，我们两个人合作蒸糕或包粽子，也不知多少次了，可是对于平日生活缺乏高潮变化的老人来说，一年中的这两件事，委实足够她记挂兴奋的。而她一兴奋就会变得更饶舌，一会儿嫌我“太稀啦”，一会儿又提醒我“恐怕太咸吧”之类的事情。不过，有时候，我们俩对话和忙碌的情形，倒也会勾起我童年的记忆；到现在我才明白，何以当年母亲在制作萝卜糕的时候总显得焦躁不稳定呢？原来是“成败在此一举”啊。

等米浆与萝卜丝混合好，调味作料也加妥，便要把那一大桶东西分装入几层蒸笼里。把面粉袋子剪开的“糕巾”铺在铝制的蒸锅底，四周安插四节竹筒——这是为了便于通热气用的。一个人拉着巾子，一个人舀入一大勺一大勺的糕汁，直到七分满后，便可停止，面上再撒缀一些预先留下的作料。记得母亲从前用煤球炭火蒸糕时候的辛苦情形，现在我使用瓦斯炉，实在方便多了。两个炉子同时点火，可以一次蒸出四笼糕，也节省不少的时间和精力。

最下层的锅中放足了水，把两层蒸笼安放在上面，以后便是等待慢慢蒸熟。蒸萝卜糕的时间，视其小大而定，通常总要两个钟头。这期间，除了偶尔察看通气情况顺利与否，或者有时把上下两笼对调一下，以求蒸出来均匀的效果而外，别无他事可做。高潮既已过去，我们便用轻松的心情去收拾摊放满厨房的桶子、锅子及其他用具。说轻松，其实也未必真轻松，因为究竟做得成功与否，在糕没有蒸好以前还是一个未知数，所以此时反而会变得患得患失起来。

然后，阿婆开始去洗衣扫地，做她日常的工作，我也进书房工作。书房与厨房仅隔一条走廊，坐在桌前，心却是不定的，周身最灵敏的部分，不是在脑部，而是在嗅觉上，怎么看得进书写得出文章来呢？有时索性就去站在炉前守着，看那不停吐白烟的蒸锅，明明记得母亲说过“掀盖三把火”，可又真忍不住会时时去掀盖子。蒸萝卜糕总要让人这样焦虑一个上午的。

等香味弥漫整个房子时，阿婆才慢条斯理走回厨房来。大概是她年纪大经验多，才会这样笃定的吧。

熄了火之后，要赶快把蒸锅分别摆开，以免多余的水气残留在糕上。我们用手指轻按糕面，试试那弹性，便可知道今年制作得如何。若是做得好，我们两个人都有如释重荷之感，觉得快乐无比。若其不理想，便会十分沮丧，却又彼此说些安慰的话，或找些借口来原谅自己。一两个钟头后，午睡醒来，蒸锅已凉，就可以连糕巾一起取出萝卜糕，把它们一个个平放在餐桌上。

不久，两个孩子先后放学回家来。“嗨，好香啊。萝卜糕做好了是不是？”他们一进门就会喜孜孜这样赞美。其实，喜孜孜也是我自己的心境。看一块块乳白色的萝卜糕摆在餐桌上，真是美丽！我仿佛在孩子们的脸上照见了自己甜美的童年。

故乡的食物

汪曾祺

如有人请我吃泡炒米，我倒宁愿来一小碟酱生姜，最好滴几滴香油，那倒是还有点意思的。

炒米和焦屑

小时读《板桥家书》："天寒冰冻时暮，穷亲戚朋友到门，先泡一大碗炒米送手中，佐以酱姜一小碟，最是暖老温贫之具。"觉得很亲切。郑板桥是兴化人，我的家乡是高邮，风气相似。这样的感情，是外地人们不易领会的。炒米是各地都有的。但是很多地方都做成了炒米糖。这是很便宜的食品。孩子买了，咯咯地嚼着。四川有"炒米糖开水"，车站码头都有得卖，那是泡着吃的。但四川的炒米糖似也是专业的作坊做的，不像我们那里。我们那里也有炒米糖，像别处一样，切成长方形的一块一块。也有搓成圆球的，叫作"欢喜团"。那也是作坊里做的。但通常所说的炒米，是不加糖黏结的，是"散装"的；而且不是作坊里做出来，是自己家里炒的。

说是自己家里炒，其实是请了人来炒的。炒炒米也要点手艺，并不是人人都会的。入了冬，大概是过了冬至吧，有人背了一面大筛子，手执长柄的铁铲，大街小巷地走，这就是炒炒米的。有时带一个助手，多半是个半大孩子，是帮他烧火的。请到家里来，管一顿饭，给几个钱，炒一天。或二斗，或半石。像我们家人口多，一次得炒一石糯米。炒炒米都是把一年所需一次炒齐，没有零零碎碎炒的。过了这个季节，再找炒炒米的也找不着。一炒炒米，就让人觉得，快要过年了。

装炒米的坛子是固定的，这个坛子就叫“炒米坛子”，不作别的用途。舀炒米的东西也是固定的，一般人家大都是用一个香烟罐头，我的祖母用的是一个“柚子壳”。柚子，我们那里柚子不多见，从顶上开一个洞，把里面的瓤掏出来，再塞上米糠，风干，就成了一个硬壳的钵状的东西。她用这个柚子壳用了一辈子。

我父亲有一个很怪的朋友，叫张仲陶。他很有学问，曾教我读过《项羽本纪》。他薄有田产，不治生业，整天在家研究《易经》，算卦。他算卦用蓍草。全城只有他一个人用蓍草算卦。据说他有几卦算得极灵。有一家，丢了一只金戒指，怀疑是女佣人偷了。这女佣人蒙了冤枉，来求张先生算一卦。张先生算了，说戒指没有丢，在你们家炒米坛盖子上。一找，果然。我小时就不大相信，算卦怎么能算得这样准，怎么能算得出在炒米坛盖子上呢？不过他的这一卦说明了一件事，即我们那里炒米坛子是几乎家家都有的。

炒米这东西实在说不上有什么好吃。家常预备，不过取其方便。用开水一泡，马上就可以吃。在没有什么东西好吃的时候，泡一碗，可代早晚茶。来了平常的客人，泡一碗，也算是点心。郑板桥说“穷亲戚朋友到门，先泡一大碗炒米送手中”，也是说其省事，比下一碗挂面还要简单。炒米是吃不饱人的，一大碗，其实没有多少东西。我们那里吃泡炒米，一般是抓上一把白糖，如板桥所说“佐以酱姜一小碟”，也有，少。我现在岁数大了，如有人请我吃泡炒米，我倒宁愿来一小碟酱生姜，最好滴几滴香油，那倒是还有点意思的。另外还有一种吃法，用猪油煎两个嫩荷包蛋——我们那里叫作“蛋瘪子”，抓一把炒米和在一起吃。这种食品是只有“惯宝宝”才能吃得到的。谁家要是老给孩子吃这种东西，街坊就会有议论的。

我们那里还有一种可以急就的食品，叫作“焦屑”。糊锅巴磨成碎末，就是焦屑。我们那里，餐餐吃米饭，顿顿有锅巴。把饭铲出来，锅巴用小火烘焦，起出来，卷成一卷，存着。锅巴是不会坏的，不发馊，不长霉。攒够一定的数量，就用一具小石磨磨碎，放起来。焦屑也像炒米一样，用开水冲冲，就能吃了。焦屑调匀后成糊状，有点像北方的炒面，但比炒面爽口。

我们那里的人家预备炒米和焦屑，除了方便，原来还有一层意思，是应急。在不能正常煮饭时，可以用来充饥。这很有点像古代行军用的“糒”。有一年，记不得是哪一年，总之是我还小，还在上小学，党军（国民革命军）和联军（孙传芳的军队）在我们县境内开了仗，很多人都躲进了红十字会。不知道出于一种什么信念，大家都以为红十字会是哪一方的军队都不能打进去的，进了红十字会就安全了。红十字会设在炼阳观，这是一个道士观。我们一家带了一点行李进了炼阳观。祖母指挥着，特别关照，把一坛炒米和一坛焦屑带了去。我对这种打破常规的生活极感兴趣。晚上，爬到吕祖楼上去，看双方军队枪炮的火光在东北面不知什么地方一阵一阵地亮着，觉得有点紧张，也觉得好玩。很多人家住在一起，不能煮饭，这一晚上，我们是靠冲炒米、泡焦屑度过的。没有床铺，我把几个道士诵经用的蒲团拼起来，在上面睡了一夜。这实在是我小时候度过的一个浪漫主义的夜晚。

第二天，没事了，大家就都回家了。

炒米和焦屑和我家乡的贫穷和长期的动乱是有关系的。

端午的鸭蛋

家乡的端午，很多风俗和外地一样。系百索子。五色的丝线拧成小绳，系在手腕上。丝线是掉色的，洗脸时沾了水，手腕上就印得红一道绿一道的。做香角子。丝线缠成小粽子，里头装了香面，一个一个串起来，挂在帐钩上。贴五毒。红纸剪成五毒，贴在门槛上。贴符。这符是城隍庙送来的。城隍庙的老道士还是我的寄名干爹，他每年端午节前就派小道士送符来，还有两把小纸扇。符送来了，就贴在堂屋的门楣上。一尺来长的黄色、蓝色的纸条，上面用朱笔画些莫名其妙的道道，这就能辟邪么？喝雄黄酒。用酒和的雄黄在孩子的额头上画一个“王”字，这是很多地方都有的。有一个风俗不知别处有不：放黄烟子。黄烟子是大小如北方的麻雷子的炮仗，只是里面灌的不是硝药，而是雄黄。点着后不响，只是冒出一股黄烟，能冒好一会儿。把点着的黄烟子丢在橱柜下面，说是可以熏五毒。小孩子点了黄烟子，常把它的一头抵在板壁上写“虎”字。写黄烟虎字笔画不能断，所以我们那里的孩子都会写草书的“一笔虎”。还有一个风俗，是端午节的午饭要吃“十二红”，就是十二道红颜色的菜。十二红里我只记得有炒红苋菜、油爆虾、咸鸭蛋，其余的都记不清，数不出了。也许十二红只是一个名目，不一定真凑足十二样。不过午饭的菜都是红的，这一点是我没有记错的，而且，苋菜、虾、鸭蛋，一定是有的。这三样，在我的家乡，都不贵，多数人家是吃得起的。

我的家乡是水乡，出鸭。高邮大麻鸭是著名的鸭种。鸭多，鸭蛋也多。高邮人也善于腌鸭蛋。高邮咸鸭蛋于是出了名。我在苏南、浙江，每逢有人问起我的籍贯，回答之后，对方就会肃然起敬："哦！你们那里出咸鸭蛋！"上海的卖腌腊的店铺里也卖咸鸭蛋，必用纸条特别标明："高邮咸蛋"。高邮还出双黄鸭蛋。别处鸭蛋有偶有双黄的，但不如高邮的多，可以成批输出。双黄鸭蛋味道其实无特别处。还不就是个鸭蛋！只是切开之后，里面圆圆的两个黄，使人惊奇不已。我对异乡人称道高邮鸭蛋，是不大高兴的，好像我们那穷地方就出鸭蛋似的！不过高邮的咸鸭蛋，确实是好，我走的地方不少，所食鸭蛋多矣，但和我家乡的完全不能相比！曾经沧海难为水，他乡咸鸭蛋，我实在瞧不上。袁枚的《随园食单·小菜单》有"腌蛋"一条。袁子才这个人我不喜欢，他的《食单》好些菜的做法是听来的，他自己并不会做菜。但是《腌蛋》这一条我看后却觉得很亲切，而且"与有荣焉"。文不长，录如下：

腌蛋以高邮为佳，颜色细而油多，高文端公最喜食之。席间，先夹取以敬客，放盘中。总宜切开带壳，黄白兼用；不可存黄去白，使味不全，油亦走散。

高邮咸蛋的特点是质细而油多。蛋白柔嫩，不似别处的发干、发粉，入口如嚼石灰。油多尤为别处所不及。鸭蛋的吃法，如袁子才所说，带壳切开，是一种，那是席间待客的办法。平常食用，一般都是敲破“空头”用筷子挖着吃。筷子头一扎下去，吱——红油就冒出来了。高邮咸蛋的黄是通红的。苏北有一道名菜，叫作“朱砂豆腐”，就是用高邮鸭蛋黄炒的豆腐。我在北京吃的咸鸭蛋，蛋黄是浅黄色的，这叫什么咸鸭蛋呢？

端午节，我们那里的孩子兴挂“鸭蛋络子”。头一天，就由姑姑或姐姐用彩色丝线打好了络子。端午一早，鸭蛋煮熟了，由孩子自己去挑一个，鸭蛋有什么可挑的呢？有！一要挑淡青壳的。鸭蛋壳有白的和淡青的两种。二要挑形状好看的。别说鸭蛋都是一样的，细看却不同。有的样子蠢，有的秀气。挑好了，装在络子里，挂在大襟的纽扣上。这有什么好看呢？然而它是孩子心爱的饰物。鸭蛋络子挂了多半天，什么时候孩子一高兴，就把络子里的鸭蛋掏出来，吃了。端午的鸭蛋，新腌不久，只有一点淡淡的咸味，白嘴吃也可以。

孩子吃鸭蛋是很小心的，除了敲去空头，不把蛋壳碰破。蛋黄蛋白吃光了，用清水把鸭蛋里面洗净，晚上捉了萤火虫来，装在蛋壳里，空头的地方糊一层薄罗。萤火虫在鸭蛋壳里一闪一闪地亮，好看极了！

小时读“囊萤映雪”故事，觉得东晋的车胤用练囊盛了几十只萤火虫，照了读书，还不如用鸭蛋壳来装萤火虫。不过用萤火虫照亮来读书，而且一夜读到天亮，这能行么？车胤读的是手写的卷子，字大，若是读现在的新五号字，大概是不行的。

咸菜茨菇汤

一到下雪天，我们家就喝咸菜汤，不知是什么道理。是因为雪天买不到青菜？那也不见得。除非大雪三日，卖菜的出不了门，否则他们总还会上市卖菜的。这大概只是一种习惯。一早起来，看见飘雪花了，我就知道：今天中午是咸菜汤！

咸菜是青菜腌的。我们那里过去不种白菜，偶有卖的，叫作“黄芽菜”，是外地运去的，很名贵。一般黄芽菜炒肉丝，是上等菜。平常吃的，都是青菜，青菜似油菜，但高大得多。入秋，腌菜，这时青菜正肥。把青菜成担地买来，洗净，晾去水气，下缸。一层菜，一层盐，码实，即成。随吃随取，可以一直吃到第二年春天。

腌了四五天的新咸菜很好吃，不咸，细、嫩、脆、甜，难可比拟。

咸菜汤是咸菜切碎了煮成的。到了下雪的天气，咸菜已经腌得很咸了，而且已经发酸，咸菜汤的颜色是暗绿的。没有吃惯的人，是不容易引起食欲的。

咸菜汤里有时加了茨菇片，那就是咸菜茨菇汤。或者叫茨菇咸菜汤，都可以。

我小时候对茨菇实在没有好感。这东西有一种苦味。民国二十年，我们家乡闹大水，各种作物减产，只有茨菇却丰收。那一年我吃了很多茨菇，而且是不去茨菇的嘴子的，真难吃。

我十九岁离乡，辗转漂流，三四十年没有吃到茨菇，并不想。

前好几年，春节后数日，我到沈从文老师家去拜年，他留我吃饭，师母张兆和炒了一盘茨菇肉片。沈先生吃了两片茨菇，说："这个好！格比土豆高。"我承认他这话。吃菜讲究"格"的高低，这种语言正是沈老师的语言。他是对什么事物都讲"格"的，包括对于茨菇、土豆。

因为久违，我对茨菇有了感情。前几年，北京的菜市场在春节前后有卖茨菇的。我见到，必要买一点回来加肉炒了。家里人都不怎么爱吃。所有的茨菇，都由我一个人"包圆儿"了。

北方人不识茨菇。我买茨菇，总要有人问我：“这是什么？”——“茨菇。”——“茨菇是什么？”这可不好回答。

北京的茨菇卖得很贵，价钱和“洞子货”（温室所产）的西红柿、野鸡脖韭菜差不多。

我很想喝一碗咸菜茨菇汤。

我想念家乡的雪。

虎头鲨、昂嗤鱼、砗螯、螺蛳、蚬子

苏州人特重塘鳢鱼。上海人也是，一提起塘鳢鱼，眉飞色舞。塘鳢鱼是什么鱼？我向往之久矣。到苏州，曾想尝尝塘鳢鱼，未能如愿。后来我知道：塘鳢鱼就是虎头鲨，嗐！

塘鳢鱼亦称土步鱼。《随园食单》：“杭州以土鱼为上品，而金陵人贱之，目为虎头蛇，可发一笑。”虎头蛇即虎头鲨。这种鱼样子不好看，而且有点凶恶。浑身紫褐色，有细碎黑斑，头大而多骨，鳍如蝶翅。这种鱼在我们那里也是贱鱼，是不能上席的。苏州人做塘鳢鱼有清炒、椒盐多法。我们家乡通常的吃法是氽汤，加醋、胡椒。虎头鲨氽汤，鱼肉极细嫩，松而不散，汤味极鲜，开胃。

昂嗤鱼的样子也很怪，头扁嘴阔，有点像鲇鱼，无鳞，皮色黄，有浅黑色的不规整的大斑。无背鳍，而背上有一根很硬的尖锐的骨刺。用手捏起这根骨刺，它就发出昂嗤昂嗤小小的声音。这声音是怎么发出来的，我一直没弄明白。这种鱼是由这种声音得名的。它的学名是什么，只有去问鱼类学专家了。这种鱼没有很大的，七八寸长的，就算难得的了。这种鱼也很贱，连乡下人也看不起。我的一个亲戚在农村插队，见到昂嗤鱼，买了一些，农民都笑他："买这种鱼干什么？"昂嗤鱼其实是很好吃的。昂嗤鱼通常也是汆汤。虎头鲨是醋汤，昂嗤鱼不加醋，汤白如牛乳，是所谓"奶汤"。昂嗤鱼也极细嫩，鳃边的两块蒜瓣肉有大拇指大，堪称至味。有一年，北京一家鱼店不知从哪里运来一些昂嗤鱼，无人问津。顾客都不识这是啥鱼。有一位卖鱼的老师傅倒知道："这是昂嗤。"我看到，高兴极了，买了十来条。回家一做，满不是那么一回事！昂嗤要吃活的（虎头鲨也是活杀）。长途转运，又在冷库里冰了一些日子，肉质变硬，鲜味全失，一点意思都没有！

砗螯在我的家乡叫馋螯，砗螯是扬州人的叫法。我在大连见到花蛤，我以为就是砗螯，不是。形状很相似，入口全不同。花蛤肉粗而硬，咬不动。砗螯极柔软细嫩。砗螯好像是淡水里产的，但味道却似海鲜。有点像蛎黄，但比蛎黄味道清爽。比青蛤、蚶子味厚。砗螯可清炒，烧豆腐，或与咸肉同煮。砗螯烧乌青菜（江南人叫塌苦菜），风味绝佳。乌青菜如是经霜而现拔的，尤美。我不食砗螯四十五年矣。

砗螯壳稍呈三角形，质坚，白如细磁，而有各种颜色的弧形花斑，有浅紫的，有暗红的，有赭石，墨蓝的，很好看。家里买了砗螯，挖出砗螯肉，我们就从一堆砗螯壳里去挑选，挑到好的，洗净了留起来玩。砗螯壳的铰合部有两个突出的尖嘴子，把尖嘴子在糙石上磨磨，不一会就磨出两个小圆洞，含在嘴里吹，呜呜地响，且有细细颤音，如风吹窗纸。

螺蛳处处有之。我们家乡清明吃螺蛳，谓可以明目。用五香煮熟螺蛳，分给孩子，一人半碗，由他们自己用竹签挑着吃，孩子吃了螺蛳，用小竹弓把螺蛳壳射到屋顶上，喀拉喀拉地响。夏天“检漏”，瓦匠总要扫下好些螺蛳壳。这种小弓不做别的用处，就叫作螺蛳弓，我在小说《戴东匠》里对螺蛳弓有较详细的描写。

蚬子是我所见过的贝类里最小的了，只有一粒瓜子大。蚬子是剥了壳卖的。剥蚬子的人家附近堆了好多蚬子壳，像一个坟头。蚬子炒韭菜，很下饭。这种东西非常便宜，为小户人家的恩物。

有一年修运河堤。按工程规定，有一段堤面应铺碎石，包工的贪污了款子，在堤面铺了一层蚬子壳。前来检收的委员，坐在汽车里，向外一看，白花花的一片，还抽着雪茄烟，连说：“很好！很好！”

我的家乡富水产。鱼之中名贵的是鳊鱼、白鱼（尤重翘嘴白）、鲇花鱼（即鳜鱼），谓之“鳊、白、鲇。”虾有青虾、白虾。蟹极肥。以无特点。故不及。

野鸭、鹌鹑、斑鸠、䴔

过去我们那里野鸭子很多。水乡，野鸭子自然多。秋冬之际，天上有时“过”野鸭子，黑乎乎的一大片，在地上可以听到它们鼓翅的声音，呼呼的，好像刮大风。野鸭子是枪打的（野鸭肉里常常有很细的铁砂子，吃时要小心），但打野鸭子的人自己不进城来卖。卖野鸭子有专门的摊子。有时卖鱼的也卖野鸭子，把一个养活鱼的木盆翻过来，野鸭一对一对地摆在盆底，卖野鸭子是不用秤约的，都是一对一对地卖。野鸭子是有一定分量的。依分量大小，有一定的名称，如“对鸭”“八鸭”。哪一种有多大分量，我现在已经记不清了。卖野鸭子都是带毛的。卖野鸭子的可以代客当场去毛，拔野鸭毛是不能用开水烫的。野鸭子皮薄，一烫，皮就破了。干拔。卖野鸭子的把一只鸭子放入一个麻袋里，一手提鸭，一手拔毛，一会儿就拔净了——放在麻袋里拔，是防止鸭毛飞散。代客拔毛，不另收费，卖野鸭子的只要那一点鸭毛。——野鸭毛是值钱的。

野鸭的吃法通常是切块红烧。清炖大概也可以吧，我没有吃过。野鸭子肉的特点是：细、酥，不像家鸭每每肉老。野鸭烧咸菜是我们那里的家常菜。里面的咸菜尤其是佐粥的妙品。

现在我们那里的野鸭子很少了。前几年我回乡一次，偶有，卖得很贵。原因据说是因为县里对各乡水利作了全面综合治理，过去的水荡子、荒滩少了，野鸭子无处栖息。而且，野鸭子过去是吃收割后遗撒在田里的谷粒的，现在收割得很干净，颗粒归仓，野鸭子没有什么可吃的，不来了。

鹌鹑是网捕的。我们那里吃鹌鹑的人家少，因为这东西只有由乡下的亲戚送来，市面上没有卖的。鹌鹑大都是用五香卤了吃。也有用油炸了的。鹌鹑能斗，但我们那里无斗鹌鹑的风气。

我看见过猎人打斑鸠。我在读初中的时候。午饭后，我到学校后面的野地里去玩。野地里有小河，有野蔷薇，有金黄色的茼蒿花，有苍耳（苍耳子有小钩刺，能挂在衣裤上，我们管它叫“万把钩”），有才抽穗的芦荻。在一片树林里，我发现一个猎人。我们那里猎人很少，我从来没有见过猎人，但是我一看见他，就知道他是一个猎人。这个猎人给我一个非常猛厉的印象，他穿了一身黑，下面却缠了鲜红的绑腿。他很瘦。他的眼睛黑，而冷。他握着枪。他在干什么？树林上面飞过一只斑鸠，他在追逐这只斑鸠。斑鸠分明已经发现猎人了，它想逃脱。斑鸠飞到北面，在树上落一落，猎人一步一步往北走。斑鸠连忙往南面飞，猎人扬头看了一眼，斑鸠落定了，猎人又一步一步往南走，非常冷静。这是一场无声的，然而非常紧张的、坚持的较量。斑鸠来回飞，猎人来回走。我很奇怪，为什么斑鸠不往树林外面飞。这样几个来回，斑鸠慌了神了，它飞得不稳了，歪歪倒倒的，失去了原来均匀的节奏。忽然，砰——，枪声一响，斑鸠应声而落。猎人走过去，拾起斑鸠，看了看，装在猎袋里。他的眼睛很黑，很冷。

我在小说《异秉》里提到王二的熏烧摊子上。春天，卖一种叫作“䳃”的野味。䳃这种东西我在别处没看见过。“䳃”这个字很多人也不认得。多数字典里不收。《辞海》里倒有这个字，标音为duo（又读zhua）。zhua与我乡读音较近，但我们那里是读入声的，这只有用国际音标才标得出来。即使用国际音标标出，在不知道“短促急收藏”的北方人也是读不出来的。《辞海》“鵽”字条下注云：“见鵽鸠”，似以为“鵽”即“鵽鸠”。而在“鵽鸠”条下注云：“鸟名。雉属。即‘沙鸡’。”这就不对了。沙鸡我是见过的，吃过的。内蒙、张家口多出沙鸡。《尔雅·释鸟》郭璞注：“出北方沙漠地”。不错，北京冬季偶尔也有卖的。沙鸡嘴短而红，腿也短。我们那里的鵽却是水鸟，嘴长，腿也长。鵽的滋味和沙鸡有天渊之别。沙鸡肉较粗，略有酸味；鵽肉极细，非常香。我一辈子没有吃过比鵽更香的野味。

蒌蒿、枸杞、荠菜、马齿苋

小说《大淖记事》：“春初水暖，沙洲上冒出很多紫红色的芦芽和灰绿色的蒌蒿，很快就是一片翠绿了。”我在书页下方加了一条注：“蒌蒿是生于水边的野草，粗如笔管，有节，生狭长的小叶，初生二寸来高，叫作‘蒌蒿薹子’，加肉炒食极清香……”蒌蒿的蒌字，我小时不知怎么写，后来偶然看了一本什么书，才知道的。这个字音“吕”。我小学有一个同班同学，姓吕，我们就给他起了个外号，叫“蒌蒿薹子”（蒌蒿薹子家开了一爿糖坊，小学毕业后未升学，我们看见他坐在糖坊里当小老板，觉得很滑稽）。但我查了几本字典，“蒌”都音“楼”，我有点恍惚了。“楼”“吕”一声之转。许多从“娄”的字都读“吕”，如“屡”“缕”“褛”……这本来无所谓，读“楼”读“吕”，关系不大。但字典上都说蒌蒿是蒿之一种，即白蒿，我却有点不以为然了。我小说里写的蒌蒿和蒿其实不相干。读苏东坡《惠崇春江晚景》诗：“竹外桃花三两枝，春江水暖鸭先知。蒌蒿满地芦芽短，正是河豚欲上时。”此蒌蒿生于水边，与芦芽为伴，分明是我的家乡人所吃的蒌蒿，非白蒿。或者“即白蒿”的蒌蒿别是一种，未可知矣。深望懂诗、懂植物学，也懂吃的博雅君子有以教我。

我的小说注文中所说的“极清香”，很不具体。嗅觉和味觉是很难比方，无法具体的。昔人以为荔枝味似软枣，实在是风马牛不相及。我所谓“清香”，即食时如坐在河边闻到新涨的春水的气味。这是实话，并非故作玄言。

枸杞到处都有。开花后结长圆形的小浆果，即枸杞子。我们叫它“狗奶子”，形状颇像。本地产的枸杞子没有入药的，大概不如宁夏产的好。枸杞是多年生植物。春天，冒出嫩叶，即枸杞头。枸杞头是容易采到的。偶尔也有近城的乡村的女孩子采了，放在竹篮里叫卖：“枸杞头来……”枸杞头可下油盐炒食；或用开水焯了，切碎，加香油，酱油、醋，凉拌了吃。

那滋味，也只能说“极清香”。春天吃枸杞头，云可以清火，如北方人吃苣荬菜一样。

“三月三，荠菜花赛牡丹”。俗谓是日以荠菜花置灶上，则蚂蚁不上锅台。

北京也偶有荠菜卖。菜市上卖的是园子里种的，茎白叶大，颜色较野生者浅淡，无香气。农贸市场间有南方的老太太挑了野生的来卖，则又过于细瘦，如一团乱发，制熟后强硬扎嘴。总不如南方野生的有味。

江南人惯用荠菜包春卷，包馄饨，甚佳。我们家乡有用来包春卷的，用来包馄饨的没有，因我们家乡没有“菜肉馄饨”。一般是凉拌。荠菜焯熟剁碎，界首茶干切细丁，入虾米，同拌。这道菜是可以上酒席作凉菜的。酒席上的凉拌荠菜都用手抟成一座尖塔，临吃推倒。

马齿苋现在很少有人吃。古代这是相当重要的菜蔬。苋分人苋、马苋。人苋即今苋菜，马苋即马齿苋。我们祖母每于夏天摘肥嫩的马齿苋晾干，过年时做馅，包包子。她是吃长斋的，这种包子只有她一个人吃。我有时从她的盘子里拿一个，蘸了香油吃，挺香。马齿苋有点淡淡的酸味。

马齿苋开花，花瓣如一小囊。我们有时捉了一个哑巴知了——知了是应该会叫的，捉住一个哑巴，多么扫兴！于是就摘了两个马齿苋的花瓣套住它的眼睛——马齿苋花瓣套知了眼睛正合适，一撒手，这知了就拼命往高处飞，一直飞到看不见！

三年自然灾害，我在张家口沙岭子吃过不少马齿苋。那时候，这是宝物！

馋

梁实秋

人为了口腹之欲，不惜多方奔走以膏馋吻，所谓“为了一张嘴，跑断两条腿”。

馋，在英文里找不到一个十分适当的字。罗马暴君尼禄，以至于英国的亨利八世，在大宴群臣的时候，常见其撕下一根根又粗又壮的鸡腿，举起来大嚼，旁若无人，好一副饕餮相！但那不是馋。埃及废王法鲁克，据说每天早餐一口气吃二十个荷包蛋，也不是馋，只是放肆，只是没有吃相。对有某一种食物有所偏好，对于大量的吃，这是贪得无厌。馋，则着重在食物的质，最需要满足的是品味。上天生人，在他嘴里安放一条舌，舌上还有无数的味蕾，教人焉得不馋？馋，基于生理的要求，也可以发展成为近于艺术的趣味。

也许我们中国人特别馋一些。“馋”字从食，毚声。毚音馋，本义是狡兔，善于奔走，人为了口腹之欲，不惜多方奔走以膏馋吻，所谓“为了一张嘴，跑断两条腿”。真正的馋人，为了吃，决不懒。我有一位亲戚，属汉军旗，又穷又馋。一日傍晚，大风雪，老头子缩头缩脑偎着小煤炉子取暖。他的儿子下班回家，顺路市得四只鸭梨，以一只奉其父，父得梨，大喜，当即啃了半只，随后就披衣戴帽，拿着一只小碗，冲出门外，在风雪交加中不见了人影。他的儿子只听得大门匡朗一声响，追已无及。越一小时，老头子托着小碗回来了，原来他是要吃榅桲拌梨丝！从前酒席，一上来就是四干、四鲜、四蜜饯，榅桲、鸭梨是现成的，饭后一盘榅桲拌梨丝别有风味（没有鸭梨的时候白菜心也能代替）。这老头子吃剩半个梨，突然想起此味，乃不惜于风雪之中奔走一小时。这就是馋。

人之最馋的时候是在想吃一样东西而又不可得的那一段期间。希腊神话中之谭塔勒斯，水深及颚而不得饮，果实当前而不得食，饿火中烧，痛苦万状，他的感觉不是馋，是求生不成求死不得。馋没有这样的严重。人之犯馋，是在饱暖之余，眼看着、回想起或是谈论到某一美味，喉头像是有馋虫搔抓作痒，只好干咽唾沫。一旦得遂所愿，恣情享受，浑身通泰。对于家乡风味总是念念不忘，其实“千里莼羹，未下盐豉”也不见得像传说的那样迷人。我曾痴想北平羊头肉的风味，想了七八年；胜利还乡之后，一个冬夜，听得深巷卖羊头肉小贩的吆喝声，立即从被窝里爬出来，把小贩唤进门洞，我坐在懒椅上看着他于黯淡的油灯照明之下，抽出一把雪亮的薄刀，横着刀刃片羊脸子，片得飞薄，然后取出一只蒙着纱布的羊角，洒上一些焦盐。我托着一盘羊头肉，重复钻进被窝，在枕上一片一片把羊头肉放进嘴里，不知不觉地进入了睡乡，十分满足地解了馋瘾。但是，老实讲，滋味虽好，总不及在痴想时所想象的香。我小时候，早晨跟我哥哥步行到大鹁鸽市陶氏学堂上学，校门口有个小吃摊贩，切下一片片的东西放在碟子上，洒上红糖汁、玫瑰木樨，淡紫色，样子实在令人馋涎欲滴。走近看，知道是糯米藕。一问价钱，要四个铜板，而我们早点费每天只有两个铜板。我们当下决定，饿一天，明天就可以一尝异味。所付代价太大，所以也不能常吃。糯米藕一直在我心中留下了不可磨灭的印象。后来成家立业，想吃糯米藕不费吹灰之力，餐馆里有时也有供应，不过浅尝辄止，不复有当年之馋。

馋与阶级无关。豪富人家，日食万钱，犹云无下箸处，是因为他这种所谓饮食之人放纵过度，连馋的本能和机会都被剥夺了，他不是馋，也不是太馋，他麻木了，所以他就要千方百计地在食物方面寻求新的材料、新的刺激。我有一位朋友，湖南桂东县人，他那偏僻小县却因乳猪而著名，他告我说每年某巨公派人前去采购乳猪，搭飞机运走，充实他的郇厨。烤乳猪，何地无之？何必远求？我还记得有人治寿筵，客有专诚献“烤方”者，选尺余见方的细皮嫩肉的猪臂一整块，用铁钩挂在架上，以炭火燔炙，时而武火，时而文火，烤数小时而皮焦肉熟。上桌时，先是一盘脆皮，随后是大薄片的白肉，其味绝美，与广东的烤猪或北平的炉肉风味不同，使得一桌的珍馐相形见绌。可见天下之口有同嗜，普通的一块上好的猪肉，苟处理得法，即快朵颐。像《世说》所谓王武子家的烝㹠，乃是以人乳喂养的，实在觉得多此一举，怪不得魏武未终席而去，人是肉食动物，不必等到“七十者可以食肉矣”，平夙有一些肉类佐餐，也就可以满足了。

北平人馋，可是也没听说与谁真个馋死，或是为了馋而倾家荡产。大抵好吃的东西都有个季节，逢时按节地享受一番，会因自然调节而不逾矩。开春吃春饼，随后黄花鱼上市，紧接着大头鱼也来了。恰巧这时候后院花椒树发芽，正好掐下来烹鱼。鱼季过后，青蛤当令。紫藤花开，吃藤萝饼，玫瑰花开，吃玫瑰饼；还有枣泥大花糕。到了夏季，“老鸡头才上河哟”，紧接着是菱角、莲蓬、藕、豌豆糕、驴打滚、艾窝窝，一起出现。席上常见水晶肘，坊间唱卖烧羊肉，这时候嫩黄瓜、新蒜头应时而至。秋风一起，先闻到糖炒栗子的气味，然后就是𤆵烤涮羊肉，还有七尖八团的大螃蟹。“老婆老婆你别馋，过了腊八就是年。”过年前后，食物的丰盛就更不必细说了。一年四季的馋，周而复始地吃。

馋非罪，反而是胃口好、健康的现象，比食而不知其味要好得多。

烧饼油条

梁实秋

烧饼油条是我们中国人标准早餐之一，在北方不分省份、不分阶级、不分老少，大概都欢喜食用。

烧饼油条是我们中国人标准早餐之一，在北方不分省份、不分阶级、不分老少，大概都欢喜食用。我生长在北平，小时候的早餐几乎永远是一套烧饼油条——不，叫油炸鬼，不叫油条。有人说，油炸鬼是油炸桧之讹，大家痛恨秦桧，所以名之为油炸桧以泄愤，这种说法恐怕是源自南方，因为北方读音鬼与桧不同，为什么叫油鬼，没人知道。在比较富裕的大家庭里，只有作父亲的才有资格偶然以馄饨、鸡丝面或羊肉馅包子作早点，只有作祖父母的才有资格常以燕窝汤、莲子羹或哈什玛之类作早点，像我们这些“民族幼苗”，便只有烧饼油条来果腹了。说来奇怪，我对于烧饼油条从无反感，天天吃也不厌，我清早起来，就有一大簸箩烧饼油鬼在桌上等着我。

现在台湾的烧饼油条，我以前在北平还没见过。我所知道的烧饼，有螺蛳转儿、芝麻酱烧饼、马蹄儿、驴蹄儿几种，油鬼有麻花儿、甜油鬼、炸饼儿几种。螺蛳转儿夹麻花儿是一绝，扳开螺蛳转儿，夹进麻花儿，用手一按，“咔吱”一声麻花儿碎了，这一声响就很有意思，如今我再也听不到这个声音。有一天和齐如山先生谈起，他也很感慨，他嫌此地油条不够脆，有一次他请炸油条的人给他特别炸焦，“我加倍给你钱”，那个炸油条的人好像是前一夜没睡好觉（事实上凡是炸油条、烙烧饼的人都是睡眠不足），一翻白眼说：“你有钱？我不伺候！”回锅油条、老油条也不是味道，焦硬有余，酥脆不足。至于烧饼，螺蛳转儿好像久已不见了，因为专门制售螺蛳转儿的粥铺早已绝迹了。所谓粥铺，是专卖甜浆粥的一种小店，甜浆粥是一种稀稀的粗粮米汤，其味特殊。北平城里的人不知道喝豆浆，常是一碗甜浆粥一套螺蛳转儿，但是这也得到粥铺去趁热享用才好吃。我到十四岁以后才喝到豆浆，我相信我父母一辈子也没有喝过豆浆。我们家里吃烧饼油条，嘴干了就喝大壶的茶，难得有一次喝到甜浆粥。后来我到了上海，才看到细细长长的那种烧饼，以及菱形的烧饼，而且油条长长的也不适于夹在烧饼里。

火腿、鸡蛋、牛油面包作为标准的早点，当然也很好，但我只是在不得已的情形下才接受了这种异俗。我心里怀念的仍是烧饼油条。和我有同嗜的人相当不少。海外羁旅，对于家乡土物多念念不忘。有一位华裔美籍的学人，每次到台湾来都要带一二百副烧饼油条回到美国去，存在冰橱里，逐日检取一副放在烤箱或电锅里一烤，便觉得美不可言。谁不知道烧饼油条只是脂肪、淀粉，从营养学来看，不构成一份平衡的食品。但是多年习惯，对此不能忘情。在纽约曾有人招待我到一家中国餐馆进早点，座无虚席，都是烧饼油条客，那油条一根根的都很结实，韧性很强。但是大家觉得这是家乡味，聊胜于无。做油条的师傅，说不定曾经付过二两黄金才学到如此这般的手艺。又有一位返国观光的游子，住在台北一家观光旅馆里，晨起第一桩事就是外出寻找烧饼油条，遍寻无着，返回旅舍问服务小姐，服务小姐登时蛾眉一耸说："这是观光区域，怎会有这种东西，你要向偏僻街道、小巷去找。"闹哄了一阵，兴趣已无，乖乖地到附设餐厅里去吃火腿、鸡蛋、面包了事。

有人看我天天吃烧饼油条，就问我："你不嫌脏？"我没想到这个问题。据这位关心的人说，要注意烧饼里有没有老鼠屎，第二天我打开烧饼先检查，哇，一颗不大不小像一颗万应锭似的黑黑的东西赫然在焉。用手一捻，碎了。若是不当心，入口一咬，必定牙碜，也许不当心会咽了下去。想起来好怕，一颗老鼠屎搅坏一锅粥，这话不假，从此我存了戒心。看看那个豆浆店，小小一间门面，案板油锅都放在行人道上，满地是油渍污泥，一袋袋的面粉堆在一旁像沙包一样，阴沟里老鼠横行。再看看那打烧饼、炸油条的人，头发蓬松，上身只有灰白背心，脚上一双拖鞋，说不定嘴里还叼着一根纸烟。在这种情况之下，要使老鼠屎不混进烧饼里去，着实很难。好在不是一个烧饼里必定轮配到一撅老鼠屎，难得遇见一回，所以戒心维持了一阵也就解严了。

也曾经有过观光级的豆浆店出现，在那里有峨峨高冠的厨师，有穿制服的侍者，有装潢，有灯饰，筷子有纸包着，豆浆碗下有盘托着，餐巾用过就换，而不是一块毛巾大家用，像邮局糨糊旁边附设的小块毛巾那样又脏又粘。如果你带外宾进去吃早点，可以不至于脸红。

但是偶尔观光一次是可以的，谁也不能天天去观光，谁也不能常跑远路去图一饱。于是这打肿脸充胖子的局面维持不下去了，烧饼油条依然是在行人道边乌烟瘴气的环境里苟延残喘。而且我感觉到吃烧饼油条的同志也越来越少了。

萝卜

汪曾祺

萝卜极脆嫩，有甜味，富水分。自离家乡后，我没有吃过这样好吃的萝卜。小时候吃的东西都是最好吃的。

杨花萝卜即北京的小水萝卜。因为是杨花飞舞时上市卖的，我的家乡名之曰“杨花萝卜”。这个名称很富于季节感。我家不远的街口一家茶食店的屋下有一个岁数大的女人摆一个小摊子，卖供孩子食用的便宜的零吃。杨花萝卜下来的时候，卖萝卜。萝卜一把一把地码着。她不时用炊帚洒一点水，萝卜总是鲜红的。给她一个铜板，她就用小刀切下三四根萝卜。萝卜极脆嫩，有甜味，富水分。自离家乡后，我没有吃过这样好吃的萝卜。或者不如说自我长大后没有吃过这样好吃的萝卜。小时候吃的东西都是最好吃的。

除了生嚼，杨花萝卜也能拌萝卜丝。萝卜斜切的薄片，再切为细丝，加酱油、醋、香油略拌，撒一点青蒜，极开胃。小孩子的顺口溜唱道：

人之初，

鼻涕拖；

油炒饭，

拌萝菠。（注：我的家乡萝卜为萝菠。）

油炒饭加一点葱花，在农村算是美食，所以拌萝卜丝一碟，吃起来是很香的。

萝卜丝与细切的海蜇皮同拌，在我的家乡是上酒席的，与香干拌荠菜、盐水虾、松花蛋同为凉碟。

北京的拍水萝卜也不错，但宜少入白糖。

北京人用水萝卜切片，汆羊肉汤，味鲜而清淡。

烧小萝卜，来北京前我没有吃过（我的家乡杨花萝卜没有熟吃的），很好。有一位台湾女作家来北京，要我亲自做一顿饭请她吃。我给她做了几个菜，其中一个是烧小萝卜。她吃了赞不绝口。那当然是不难吃的，那两天正是小萝卜最好的时候，都长足了，但还很嫩，不糠，而且我是用干贝烧的。她说台湾没有这种小萝卜。

我们家乡有一种穿心红萝卜，粗如黄酒盏，长可三四寸，外皮深紫红色，里面的肉有放射形的紫红纹，紫白相间，若是横切开来，正如中药里的槟榔片（卖时都是直切），当中一线贯通，色极深，故名穿心红。卖穿心红萝卜的挑担，与山芋（红薯）同卖，山芋切厚片。都是生吃。

紫萝卜不大，大的如一个大衣扣子，扁圆形，皮色乌紫。据说这是五倍子染的。看来不是本色，因为它掉色，吃了，嘴唇牙肉也是乌紫乌紫的。里面的肉却是嫩白的。这种萝卜非本地所产，产在泰州。每年秋末，就有泰州人来卖紫萝卜，都是女的，挎一个柳条篮子，沿街吆喝：“紫萝——卜！”我在淮安第一回吃到青萝卜。曾在淮安中学借读过一个学期，一到星期日，就买上七八个青萝卜，一堆花生，几个同学，尽情吃一顿。后来我到天津吃过青萝卜，觉得淮安青萝卜比天津的好。大抵一种东西第一回吃，总是最好的。

天津吃萝卜是一种风气。五十年代初，我到天津，一个同学的父亲请我们到天华景听曲艺。座位之前有一溜长案，摆得满满的，除了茶壶茶碗，瓜子花生米碟子，还有几大盘切成薄片的青萝卜。听“玩艺儿”吃萝卜，此风为别处所无。天津谚云：“吃了萝卜喝热茶，气得大夫满街爬。”吃萝卜喝茶，此风亦为别处所无。

心里美萝卜是北京特色。一九四八年冬天，我到了北京，街头巷尾，每听到吆喝：“哎——萝卜，赛梨来——辣来换……”声音高亮打远。看来在北京做小买卖的，都得有条好嗓子。卖“萝卜赛梨”的，萝卜都是一个一个挑选过的，用手指头一弹，当当的；一刀切下去，咔嚓嚓地响。

我在张家口沙岭子劳动，曾参加过收心里美萝卜。张家口土质于萝卜相宜，心里美皆甚大。收萝卜时是可以随便吃的。和我一起收萝卜的农业工人起出一个萝卜，看一看，不怎么样的，随手就扔进了大堆。一看，这个不错，往地下一扔，叭嚓，裂成了几瓣，“行！”于是各拿一块啃起来，甜，脆，多汁，难可名状。他们说：“吃萝卜，讲究吃‘棒打萝卜’。”张家口的白萝卜也很大。我参加过张家口地区农业展览会的布置工作，送展的白萝卜都特大。白萝卜有“象牙白”和“露八分”。露八分即八分露出土面，露出土面部分外皮呈淡绿色。

我的家乡无此大白萝卜，只是粗如小儿臂而已。家乡吃萝卜只是红烧，或素烧，或与臀尖肉同烧。

江南人特重白萝卜炖汤，常与排骨或猪肉同炖。白萝卜耐久炖，久则出味。或入淡菜，味尤厚。沙汀《淘金记》写幺吵吵每天用牙巴骨炖白萝卜，吃得一家脸上都是油光光的。天天吃是不行的，隔几天吃一次，想亦不恶。

四川人用白萝卜炖牛肉，甚佳。

扬州人、广东人制萝卜丝饼，极妙。北京东华门大街曾有外地人制萝卜丝饼，生意极好。此人后来不见了。

北京人炒萝卜条，是家常下饭菜。或入酱炒，则为南方人所不喜。

白萝卜最能消食通气。我们在湖南体验生活，有位领导同志，接连五天大便不通，吃了各种药都不见效，憋得他难受得不行。后来生吃了几个大白萝卜，一下子畅通了。奇效如此，若非亲见，很难相信。

萝卜是腌制咸菜的重要原料。我们那里，几乎家家都要腌萝卜干。腌萝卜干的是红皮圆萝卜。切萝卜时全家大小一齐动手。孩子切萝卜，觉得这个一定很甜，尝一瓣，甜，就放在一边，自己吃。切一天萝卜，每个孩子肚子里都装了不少。萝卜干盐渍后须在芦席上摊晒，水气干后，入缸，压紧、封实，一两月后取食。我们那里说在商店学徒（学生意）要“吃三年萝卜干饭”，谓油水少也。学徒不到三年零一节，不满师，吃饭须自觉，筷子不能往荤菜盘里伸。

扬州一带酱园里卖萝卜头，乃甜面酱所腌，口感甚佳。孩子们爱吃，一半也因为它的形状很好玩，圆圆的，比一个鸽子蛋略大。此北地所无，天源、六必居都没有。

北京有小酱萝卜，佐粥甚佳。大腌萝卜咸得发苦，不好吃。

四川泡菜什么萝卜都可以泡，红萝卜、白萝卜。

湖南桑植卖泡萝卜。走几步，就有个卖泡萝卜的摊子。萝卜切成大片，泡在广口玻璃瓶里，给毛把钱即可得一片，边走边吃。峨眉山道边也有卖泡萝卜的，一面涂了一层稀酱。

萝卜原产中国，所以中国的为最好。有春萝卜、夏萝卜、秋萝卜、四秋萝卜，一年到头都有。可生食、煮食、腌制。萝卜所惠于中国人者亦大矣。美国有小红萝卜，大如元宵，皮色鲜红可爱，吃起来则淡而无味，异域得此，聊胜于无。爱伦堡小说写几个艺术家吃奶油蘸萝卜，喝伏特加，不知是不是这种红萝卜。我在爱荷华南朝鲜人开的菜铺的仓库里看到一堆心里美，大喜，买回来一吃，味道满不对，形似而已。日本人爱吃萝卜，好像是煮熟蘸酱吃的。

豆腐

汪曾祺

香椿拌豆腐是拌豆腐里的上上品。嫩香椿头，芽叶未舒，颜色紫赤，嗅之香气扑鼻。切为碎末，与豆腐同拌，一箸入口，三春不忘。

豆腐点得比较老的，为北豆腐。听说张家口地区有一个堡里的豆腐能用秤钩钩起来，扛着秤杆走几十里路。这是豆腐么？点得较嫩的是南豆腐。再嫩即为豆腐脑。比豆腐脑稍老一点的，有北京的“老豆腐”和四川的豆花。比豆腐脑更嫩的是湖南的水豆腐。

豆腐压紧成型，是豆腐干。

卷在白布层中压成大张的薄片，是豆腐片。东北叫干豆腐。压得紧而且更薄的，南方叫百页或千张。

豆浆锅的表面凝结的一层薄皮撩起晾干，叫豆腐皮，或叫油皮。我的家乡则简单地叫作皮子。

豆腐最简便的吃法是拌，买回来就能拌。或入开水锅略烫，去豆腥气。不可久烫，久烫则豆腐收缩发硬。香椿拌豆腐是拌豆腐里的上上品。嫩香椿头，芽叶未舒，颜色紫赤，嗅之香气扑鼻，入开水稍烫，梗叶转为碧绿，捞出，揉以细盐，候冷，切为碎末，与豆腐同拌（以南豆腐为佳），下香油数滴。一箸入口，三春不忘。香椿头只卖得数日，过此则叶绿梗硬，香气大减。其次是小葱拌豆腐。北京有歇后语“小葱拌豆腐——一青二白”。可见这是北京人家家都吃的小菜。拌豆腐特宜小葱，小葱嫩，香。葱粗如指，以拌豆腐，滋味即减。我和林斤澜在武夷山，住一招待所。斤澜爱吃拌豆腐，招待所每餐皆上拌豆腐一大盘，但与豆腐同拌的是青蒜。青蒜炒回锅肉甚佳，以拌豆腐，配搭不当。北京人有用韭菜花、青椒糊拌豆腐的，这是侉吃法，南方人不敢领教。而南方人吃的松花蛋拌豆腐，北方人也觉得岂有此理。这是一道上海菜，我第一次吃到却是在香港的一家上海饭馆里，是吃阳澄湖大闸蟹之前的一道凉菜。北豆腐、松花蛋切成小骰子块，同拌，无姜汁蒜泥，只少放一点盐而已。好吃么？用上海话说：蛮崭格。用北方话说：旱香瓜——另一个味儿。咸鸭蛋拌豆腐也是南方菜，但必须用敝乡所产“高邮咸蛋”。高邮咸蛋蛋黄色如朱砂，多油，和豆腐拌在一起，红白相间，只是颜色即可使人胃口大开。别处的咸鸭蛋，尤其是北方的，蛋黄色浅，又无油，却不中吃。

烧豆腐大体可分为两大类：用油煎过再加料烧的；不过油煎的。

北豆腐切成厚二分的长方块，热锅温油两面煎。油不必多，因豆腐不吃油。最好用平底锅煎。不要煎得太老，稍结薄壳，表面发皱，即可铲出，是名“虎皮”。用已备好的肥瘦各半熟猪肉，切大片，下锅略煸，加葱、姜、蒜、酱油、绵白糖，兑入原猪肉汤，将豆腐推入，加盖猛火煮二三开，即放小火咕嘟。约十五分钟，收汤，即可装盘。这就是“虎皮豆腐”。如加冬菇、虾米、辣椒及豆豉即是“家乡豆腐”。或加菌油，即是湖南有名的“菌油豆腐”——菌油豆腐也有不用油煎的。

“文思和尚豆腐”是清代扬州有名的素菜，好几本菜谱著录，但我在扬州一带的寺庙和素菜馆的菜单上都没有见到过。不知道文思和尚豆腐是过油煎了的，还是不过油煎的。我无端地觉得是油煎了的，而且无端地觉得是用黄豆芽吊汤，加了上好的口蘑或竹笋，用极好秋油，文火熬成。什么时候材料凑手，我将根据想象，试做一次文思和尚豆腐。我的文思和尚豆腐将是素菜荤做，放猪油，放虾籽。

虎皮豆腐切大片，不过油煎的烧豆腐则宜切块，六七分见方。北方小饭铺里肉末烧豆腐，是常备菜。肉末烧豆腐亦称家常豆腐。烧豆腐里的翘楚，是麻婆豆腐。相传有陈婆婆，脸上有几粒麻子，在乡场上摆一个饭摊，挑油的脚夫路过，常到她的饭摊上吃饭，陈婆婆把油桶底下剩的油刮下来，给他们烧豆腐。后来大人先生也特意来吃她烧的豆腐。于是麻婆豆腐名闻遐迩。陈麻婆是个值得纪念的人物，中国烹饪史上应为她大书一笔，因为麻婆豆腐确实很好吃。做麻婆豆腐的要领是：一要油多。二要用牛肉末。我曾做过多次麻婆豆腐，都不是那个味儿，后来才知道我用的是瘦猪肉末。牛肉末不能用猪肉末代替。三是要用郫县豆瓣。豆瓣须剁碎。四是要用文火，俟汤汁渐渐收入豆腐，才起锅。五是起锅时要撒一层川花椒末。一定得用川花椒，即名为"大红袍"者。用山西、河北花椒，味道即差。六是盛出就吃。如果正在喝酒说话，应该把说话的嘴腾出来。麻婆豆腐必须是：麻、辣、烫。

昆明最便宜的小饭铺里有小炒豆腐。猪肉末，肥瘦，豆腐捏碎，同炒，加酱油，起锅时下葱花。这道菜便宜，实惠，好吃。不加酱油而用盐，与番茄同炒，即为番茄炒豆腐。番茄须烫过，撕去皮，炒至成酱，番茄汁渗入豆腐，乃佳。

砂锅豆腐须有好汤，骨头汤或肉汤，小火炖，至豆腐起蜂窝，方好。砂锅鱼头豆腐，用花鲢（即胖头鱼）头，劈为两半，下冬菇、扁尖（腌青笋）、海米，汤清而味厚，非海参鱼翅可及。

"汪豆腐"好像是我的家乡菜。豆腐切成指甲盖大的小薄片，推入虾子酱油汤中，滚几开，勾薄芡，盛大碗中，浇一勺熟猪油，即得。叫作"汪豆腐"，大概因为上面泛着一层油。用勺舀了吃。吃时要小心，不能性急，因为很烫。滚开的豆腐，上面又是滚开的油，吃急了会烫坏舌头。我的家乡人喜欢吃烫的东西，语云："一烫抵三鲜。"乡下人家来了客，大都做一个汪豆腐应急。周巷汪豆腐很有名。我没有到过周巷，周巷汪豆腐好，我想无非是虾子多，油多。近年高邮新出一道名菜：雪花豆腐，用盐，不用酱油。我想给家乡的厨师出个主意：加入蟹白（雄蟹白的油即蟹的精子），这样雪花豆腐就更名贵了。

不知道为什么，北京的老豆腐现在见不着了，过去卖老豆腐的摊子是很多的。老豆腐其实并不老，老，也许是和豆腐脑相对而言。老豆腐的佐料很简单：芝麻酱、腌韭菜末。爱吃辣的浇一勺青椒糊。坐在街边摊头的矮脚长凳上，要一碗老豆腐，就半斤旋烙的大饼，夹一个薄脆，是一顿好饭。

四川的豆花是很妙的东西，我和几个作家到四川旅游，在乐山吃饭。几位作家都去了大馆子，我和林斤澜钻进一家只有穿草鞋的乡下人光顾的小店，一人要了一碗豆花。豆花只是一碗白汤，啥都没有。豆花用筷子夹出来，蘸"味碟"里的作料吃。味碟里主要是豆瓣。我和斤澜各吃了一碗热腾腾的白米饭，很美。豆花汤里或加切碎的青菜，则为"菜豆花"。北京豆花庄的豆花乃以鸡汤煨成，过于讲究，不如乡坝头的豆花存其本味。

北京的豆腐脑过去浇羊肉口蘑渣熬成的卤。羊肉是好羊肉，口蘑渣是碎黑片蘑，还要加一勺蒜泥水。现在的卤，羊肉极少，不放口蘑，只是一锅稠乎乎的酱油黏汁而已。即便是过去浇卤的豆腐脑，我觉得也不如我们家乡的豆腐脑。我们那里的豆腐脑温在紫铜扁钵的锅里，用紫铜平勺盛在碗里，加秋油、滴醋、一点点麻油、小虾米、榨菜末、芹菜（药芹即水芹菜）末，清清爽爽，而多滋味。

中国豆腐的做法多矣，不胜记载。四川作家高缨请我们在乐山的山上吃过一次豆腐宴，豆腐十好几样，风味各别，不相雷同。特别是豆腐的质量极好。掌勺的老师傅从磨豆腐到烹制，都是亲自为之，绝不假手旁人。这一顿豆腐宴可称寰中一绝！

豆腐干南北皆有。北京的豆腐干比较有特点的是熏干。熏干切长片拌芹菜，很好。熏干的烟熏味和芹菜的芹菜香相得益彰。花干、苏州干是从南边传过来的，北京原先没有。北京的苏州干只是用味精取鲜，苏州的小豆腐干是用酱油、糖、冬菇汤煮出后晾得半干的，味长而耐嚼。从苏州上车，买两包小豆腐干，可以一直嚼到郑州。香干亦称茶干。我在小说《茶干》中有较细的描述：

……豆腐出净渣，装在一个小蒲包里，包口扎紧，入锅，码好，投料，加上好香油，上面用石头压实，文火煨煮，要煮很长时间。煮得了，再一块一块从蒲包里倒出来，这种茶干是圆形的，周围较厚、中间较薄，周身有蒲包压出来的细纹，……这种茶干外皮是深紫色的，掰了，里面是浅褐色的。很结实，嚼起来很有咬劲，越嚼越香，是佐茶的妙品，所以，叫作“茶干”。

茶干原出界首镇，故称“界首茶干”。据说乾隆南巡，过界首，曾经品尝过。

干丝是淮扬名菜。大方豆腐干，快刀横披为片，刀工好的师傅一块豆腐干能片十六片；再立刀切为细丝。这种豆腐干是特制的，极坚致，切丝不断；又绵软，易吸汤汁。旧本只有拌干丝。干丝入开水略煮，捞出后装高足浅碗，浇麻油酱醋。青蒜切寸段，略焯，五香花生米搓去皮，同拌，尤妙。煮干丝的兴起也就是五六十年的事。干丝母鸡汤煮，加开阳（大虾米）、火腿丝。我很留恋拌干丝，因为味道清爽，现在只能吃到煮干丝了。干丝本不是“菜”，只是吃包子烧麦的茶馆里，在上点心之前喝茶时的闲食。现在则是全国各地淮扬菜系的饭馆里都预备了。我在北京常做煮干丝，成了我们家的保留节目。北京很少遇到大白豆腐干，只能用豆腐片或百页切丝代替。口感稍差，味道却不逊色，因为我的煮干丝里下了干贝。

煮干丝没有什么诀窍，什么鲜东西都可往里搁。干丝上桌前要放细切的姜丝，要嫩姜。

臭豆腐是中国人的一大发明。我在上海、武汉都吃过。长沙火宫殿的臭豆腐毛泽东年轻时常去吃。后来回长沙，又特意去吃了一次，说了一句话：“火宫殿的臭豆腐还是好吃。”这就成了“最高指示”，写在照壁上。火宫殿的臭豆腐遂成全国第一。油炸臭豆腐干，宜放辣椒酱、青蒜。南京夫子庙的臭豆腐干是小方块，用竹签像冰糖葫芦似的串起来卖，一串八块。昆明的臭豆腐不用油炸，在炭火盆上搁一个铁箅子，臭豆腐干放在上面烤焦，别有风味。

在安徽屯溪吃过霉豆腐，长条豆腐，长了二寸长的白色的绒毛，在平底锅中煎熟，蘸酱油辣椒青蒜吃。凡到屯溪者，都要去尝尝。

豆腐乳各地都有。我在江西进贤参加土改，那里的农民家家都做腐乳。进贤原来很穷，没有什么菜吃，顿顿都用豆腐乳下饭。做豆腐乳，放大量辣椒面，还放柚子皮，味道非常强烈，广西桂林、四川忠县、云南路南所出豆腐乳都很有名，各有特点。腐乳肉是苏州松鹤楼的名菜，肉味浓醇，入口即化。广东点心很多都放豆腐乳，叫作“南乳××饼”。

南方人爱吃百页。百页结烧肉是宁波、上海人家常吃的菜。上海老城隍庙的小吃店里卖百页结：百页包一点肉馅，打成结，煮在汤里，要吃，随时盛一碗。一碗也就是四五只百页结。北方的百页缺韧性，打不成结，一打结就断。百页可入臭卤中腌臭，谓之“臭千张”。

杭州知味观有一道名菜：炸响铃。豆腐皮（如过干，要少润一点水），瘦肉剁成细馅，加葱花细姜末，入盐，把肉馅包在豆腐皮内，成一卷，用刀剁成寸许长的小段，下油锅炸得馅熟皮酥，即可捞出。油温不可太高，太高豆皮易煳。这菜嚼起来发脆响，形略似铃，故名响铃。做法其实并不复杂。肉剁极碎，成泥状（最好用刀背剁），平摊在豆腐皮上，折叠起来，如小钱包大，入油炸，亦佳。不入油炸，而以酱油冬菇汤煮，豆皮层中有汁，甚美。北京东安市场拐角处解放前有一家肉店“宝华春”，兼卖南味熟肉，卖一种酒菜：豆腐皮切细条，在酱肉汤中煮透，捞出，晾至微干，很好吃，不贵。现在宝华春已经没有了。豆腐皮可做汤。炖酥腰（猪腰炖汤）里放一点豆腐皮，则汤色雪白。

五味

汪曾祺

中国人口味之杂也，敢说堪为世界之冠。

山西人真能吃醋！几个山西人在北京下饭馆，坐定之后，还没有点菜，先把醋瓶子拿过来，每人喝了三调羹醋。邻座的客人直瞪眼。有一年我到太原去，快过春节了。别处过春节，都供应一点好酒，太原的油盐店却都贴出一个条子：“供应老陈醋，每户一斤。”这在山西人是大事。

山西人还爱吃酸菜，雁北尤甚。什么都拿来酸，除了萝卜白菜，还包括杨树叶子，榆树钱儿。有人来给姑娘说亲，当妈的先问，那家有几口酸菜缸。酸菜缸多，说明家底子厚。

辽宁人爱吃酸菜白肉火锅。

北京人吃羊肉酸菜汤下杂面。

福建人、广西人爱吃酸笋。我和贾平凹在南宁，不爱吃招待所的饭，到外面瞎吃。平凹一进门，就叫：“老友面！”“老友面”者，酸笋肉丝汆汤下面也，不知道为什么叫作“老友”。

傣族人也爱吃酸。酸笋炖鸡是名菜。

延庆山里夏天爱吃酸饭。把好好的饭焐酸了，用井拔凉水一和，呼呼地就下去了三碗。

都说苏州菜甜，其实苏州菜只是淡，真正甜的是无锡。无锡炒鳝糊放那么多糖！包子的肉馅里也放很多糖，没法吃！

四川夹沙肉用大片肥猪肉夹了豆沙蒸，广西芋头扣肉用大片肥猪肉夹芋泥蒸，都极甜，很好吃，但我最多只能吃两片。

广东人爱吃甜食。昆明金碧路有一家广东人开的甜品店，卖芝麻糊、绿豆沙，广东同学趋之若鹜。“番薯糖水”即用白薯切块熬的汤，这有什么好喝的呢？广东同学曰：“好嘢！”北方人不是不爱吃甜，只是过去糖难得。我家曾有老保姆，正定乡下人，六十多岁了。她还有个婆婆，八十几了。她有一次要回乡探亲，临行称了二斤白糖，说她的婆婆就爱喝个白糖水。

北京人很保守，过去不知苦瓜为何物，近年有人学会吃了。菜农也有种的了。农贸市场上有很好的苦瓜卖，属于“细菜”，价颇昂。

北京人过去不吃蕹菜，不吃木耳菜，近年也有人爱吃了。

北京人在口味上开放了！

北京人过去就知道吃大白菜。由此可见，大白菜主义是可以被打败的。

北方人初春吃苣荬菜。苣荬菜分甜荬、苦荬，苦荬相当的苦。

有一个贵州的年轻女演员上我们剧团学戏，她的妈妈远迢迢给她寄来一包东西，是“者耳根”，或名“则尔根”，即鱼腥草。她让我尝了几根。这是什么东西？苦，倒不要紧，它有一股强烈的生鱼腥味，实在招架不了！

剧团有一干部，是写字幕的，有时也管杂务。此人是个吃辣的专家。他每天中午饭不吃菜，吃辣椒下饭。全国各地的，少数民族的，各种辣椒，他都千方百计地弄来吃。剧团到上海演出，他帮助搞伙食，这下好，不会缺辣椒吃。原以为上海辣椒不好买，他下车第二天就找到一家专卖各种辣椒的铺子。上海人有一些是能吃辣的。

我的吃辣是在昆明练出来的，曾跟几个贵州同学在一起用青辣椒在火上烧烧，蘸盐水下酒。平生所吃辣椒之多矣，什么朝天椒、野山椒，都不在话下。我吃过最辣的辣椒是在越南。一九四七年，由越南转道往上海，在海防街头吃牛肉粉。牛肉极嫩，汤极鲜，辣椒极辣，一碗汤粉，放三四丝辣椒就辣得不行。这种辣椒的颜色是橘黄色的。在川北，听说有一种辣椒本身不能吃，用一根线吊在灶上，汤做得了，把辣椒在汤里涮涮，就辣得不得了。云南佧佤族有一种辣椒，叫“涮涮辣”，与川北吊在灶上的辣椒大概不相上下。

四川不用说，是最能吃辣的省份，川菜的特点是辣而且麻——搁很多花椒。四川的小面馆的墙壁上黑漆大书三个字：麻辣烫。麻婆豆腐、干煸牛肉丝、棒棒鸡，不放花椒不行。花椒得是川椒，捣碎，菜做好了，最后再放。

周作人说他的家乡整年吃咸极了的咸菜和咸极了的咸鱼。浙东人确是吃得很咸。有个同学，是台州人，到铺子里吃包子，掰开包子就往里倒酱油。口味的咸淡和地域是有关系的。北京人说南甜北咸东辣西酸，大体不错。河北、东北人口重，福建菜多很淡。但这与个人的性格习惯也有关。湖北菜并不咸，但闻一多先生却嫌云南蒙自的菜太淡。

中国人过去对吃盐很讲究，如桃花盐、水晶盐，“吴盐胜雪”，现在则全国都吃再制精盐。只有四川人腌咸菜还坚持用自贡产的井盐。

我不知道世界上还有什么国家的人爱吃臭。

过去上海、南京、汉口都卖油炸臭豆腐干。长沙火宫殿的臭豆腐因为一个大人物年轻时常吃而出了名。这位大人物后来还去吃过，说了一句话：“火宫殿的臭豆腐还是好吃。”“文化大革命”中火宫殿的影壁上就出现了两行大字：

最高指示：

火宫殿的臭豆腐还是好吃。

我们一个同志到南京出差，他的爱人是南京人，嘱咐他带

数间茅屋闲临水，窄衫短帽垂杨里。花是去年红，吹开一夜风。

梢梢新月偃，午醉醒来晚。何物最关情，黄鹂三两声。

宋 王安石

一棹春风一叶舟，一纶茧缕一轻钩。
花满渚，酒满瓯，万顷波中得自由。

南唐 李煜

山僧对棋坐，局上竹阴清。
映竹无人见，时闻下子声。

唐 白居易

一点臭豆腐干回来。他千方百计，居然办到了。带到火车上，引起一车厢的人强烈抗议。

除豆腐干外，面筋、百叶（千张）皆可臭。蔬菜里的莴苣、冬瓜、豇豆皆可臭。冬笋的老根咬不动，切下来随手就扔进臭坛子里。我们那里很多人家都有个臭坛子，一坛子“臭卤”。腌芥菜挤下的汁放几天即成“臭卤”。臭物中最特殊的是臭苋菜杆。苋菜长老了，主茎可粗如拇指，高三四尺，截成二寸许小段，入臭坛。臭熟后，外皮是硬的，里面的芯成果冻状。噙住一头，一吸，芯肉即入口中。这是佐粥的无上妙品。我们那里叫作“苋菜秸子”，湖南人谓之“苋菜咕”，因为吸起来“咕”的一声。

北京人说的臭豆腐指臭豆腐乳。过去是小贩沿街叫卖的：“臭豆腐，酱豆腐，王致和的臭豆腐。”臭豆腐就贴饼子，熬一锅虾米皮白菜汤，好饭！现在王致和的臭豆腐用很大的玻璃方瓶装，很不方便，一瓶一百块，得很长时间才能吃完，而且卖得很贵，成了奢侈品。我很希望这种包装能改进，一器装五块足矣。

我在美国吃过最臭的“气死”（干酪），洋人多闻之掩鼻，对我说起来实在没有什么，比臭豆腐差远了。

甚矣，中国人口味之杂也，敢说堪为世界之冠。

藕与莼菜

叶圣陶

莼菜本身没有味道，味道全在于好的汤。但这样嫩绿的颜色与丰富的诗意，无味之味真足人心醉。

同朋友喝酒，嚼着薄片的雪藕，忽然怀念起故乡来了。若在故乡，每当新秋的早晨，门前经过许多的乡人：男的紫赤的臂膊和小腿肌肉突起，躯干高大且挺直，使人起健康的感觉；女的往往裹着白地青花的头巾，虽然赤脚，却穿短短的夏布裙，躯干固然不及男的这样高，但是别有一种健康的美的风致。他们各挑着一副担子，盛着鲜嫩玉色的长节的藕。在产藕的池塘里，在城外曲曲弯弯的小河边，他们把这些藕一再洗濯，所以这样洁白。仿佛他们以为这是供人品味的珍品，这是清晨的画境里的重要题材，倘若涂满污泥，就把人家欣赏的浑凝之感打破了；这是一件罪过的事，他们不愿意担在身上，故而先把它们濯得这样洁白了，才挑进城里来。他们要稍稍休息的时候，就把竹担横在地上，自己坐在上面，随便拣择担里的过嫩的藕或是较老的藕，大口地嚼着解渴。过路的人就站住了，红衣衫的小姑娘拣一节，白头发的老公公买两支，清淡的甘美的滋味于是普遍于家家户户了。这种情形差不多是平常的日课，要到叶落秋深的时候。

在上海这里，藕这东西几乎是珍品了。大概也是从我们的故乡运来的。但是数量不多，自有那些伺候豪华公子硕腹巨贾的帮闲茶房们把大部分抢去了。其余的便要供在较大一点的水果铺里，位置在金山苹果吕宋香芒之间，专待善价而沽。至于挑着担子在街上叫卖的，也并不是没有，但不是瘦得像乞丐的臂和腿，便涩得像未熟的柿子，实在无从欣羡。因此，除了仅有的一回，我们今年竟不曾吃过藕。

这仅有的一回不是买来吃的，是邻舍送给我们吃的。他们也不是自己买的，是从故乡来的亲戚带来的。这藕离开它的家乡大约有好些时候了，所以不复呈玉样的颜色，却满被着许多锈斑。削去皮的时候，刀锋过处，很不书爽利。切成片送入口里嚼着，有些儿甘味，但时没有一种鲜嫩的感觉，而且似乎含了满口的渣，第二片就不想吃了。只有孩子很高兴，他把这许多片嚼完，居然有半点钟工夫不再作别的要求。

想起了藕就联想到莼菜。在故乡的春天，几乎天天吃莼菜。莼菜本身没有味道，味道全在于好的汤。但这样嫩绿的颜色与丰富的诗意，无味之味真足令人心醉。在每条街旁的小河里，石埠头总歇着一两条没篷船，满舱盛着莼菜，是从太湖里捞来的。当然能得日餐一碗了。

而在这里上海又不然。非上馆子就难以吃到这东西。我们当然不上馆子，偶然有一两回去叨扰朋友的酒席，恰又不是莼菜上市的时候，所以今年竟不曾吃过。直到最近，伯祥的杭州亲戚来了，送他几瓶装瓶的西湖莼菜，他送给我一瓶，我才算也尝了新了。

向来不恋故乡的我，想到这里，觉得故乡可爱极了。我自己也不明白，为什么会起这么深浓的情绪？再一思索，实在很浅显的：因为在故乡有所恋，而所恋又只在故乡有，就萦系着不能割舍了。譬如亲密的家人在那里，知心的朋友在那里，怎得不恋恋？怎得不怀念？但是仅仅为了爱故乡么？不是的，不过在故乡的几个人把我们牵着罢了。若无所牵系，更何所恋念？像我现在，偶然被藕与莼菜所牵系，所以就怀念起故乡来了。

所恋在哪里，哪里就是我们的故乡了。

辣椒

王了一

辣椒之动人，在激，不在诱。

而且它激得凶，一进口就像刺入了你的舌头，不像咖啡的慢性刺激。

辣椒作为食品，不知起于何时。只听说孔子不撤姜食，却不曾说他吃辣椒。楚辞中“椒”字最多，离骚中有“杂申椒与菌桂兮”，有“杯椒酯而要之”，九歌中有“莫桂酒兮椒浆”。祭神的东西也该是人吃的东西，恰巧屈原又是湖南人，若说他吃辣椒，是可以说得通的。但是，依考据家的说法，《诗经》所谓“椒聊之实”，《离骚》所谓“申椒”“椒酯”“椒浆”，《荆楚岁时记》所谓“椒酒”，都只是花椒，不是辣椒。由此看来，中国吃辣椒的习惯并不是自古而然的。

辣椒又名番椒，也许是来自西番。清代称川甘云贵等省边境的民族为番户；也许辣椒是由番户传入汉族的，但不一定晚到清代。依现在看来，喜欢辣椒的人多半是四川云南贵州湖南的住民，这一个假说似乎可以成立。然而咱们也不能全靠望文生义来做考证；譬如胡椒又何尝是来自匈奴的呢？我们希望旅行家帮助我们解决这个问题：如果阿拉伯、伊朗、阿富汗、印度各处都有吃辣椒的风俗，那么，“辣椒西来说”更可以确信无疑了。可惜得很，咱们不知道发现辣椒的故事。据说咖啡是这样被发现的：从前亚比西尼亚有一个牧羊人，他看见他的羊群忽然精神兴奋，大跳大跑。他仔细研究原因，才知道它们啮食了某一种树的叶子和果实，以致如此。他采了些果实回家煎汤吃下去，果然他自己也精神兴奋起来。吃上了瘾，就常常煎来吃。后来人们把制法改良了，就成为今日的咖啡。至于辣椒，它是怎样被发现的呢？神农尝百草的时候一定没有遇见它，否则他不会放过了这种佐食的珍品，以致孔夫子只好吃姜。不过，批驳我的人也可以说：神农尝百草为的是觅药治病，并不想要发现好吃的东西。他很明白“良药苦口利于病”的道理，辣椒既然不苦，他自然不收它了。

辣椒的功用，据说是去湿气，助消化，除胃病。我不懂药性，但我猜想它助消化的能力，并不输给胡椒。凡物有幸有不幸，胡椒和辣椒亦复如是。从前有些荷兰人和葡萄牙人知道胡椒是好东西，就视为秘种，在南洋偷种着，把它磨成粉末，带到欧洲卖大价钱。至今法国还有一句俗语，形容物价太高就说“像胡椒一样贵”！后来到了十八世纪有个法国人名叫丕耶尔浦华佛尔的，他想法子得到了些胡椒种子，才把它公开了。所以法国人就把胡椒叫作“浦华佛尔”。现在西餐席上，胡椒瓶和盐瓶并列，西洋人认为“不可一日无此君”。至于辣椒呢，在西洋的菜场上虽偶然可以买到，但是欧洲人是不喜欢吃的。

他们看见中国人吃还摇头呢！因此我们希望中国研究药性的科学家细心研究辣椒的功用，如果它真能去湿气，助消化，除胃病，就不妨把它郑重地介绍给西洋人。咱们也不希望留秘种，也不希望把大量的辣椒粉作为主要出产品，运到欧洲去卖大价钱，不过，至少得让西洋人知道中国人会吃好东西！

但是，在未向西洋人宣传以前，川滇黔湘的人应先向江浙闽粤及华北的人去宣传。川滇人把辣椒称为“辣子”，有亲之之意；江浙人叫它做“辣货”，则有远之之意。“辣货”不是比“泼辣货”只差一个字吗？至于闽粤各地，更有些地方完全不懂辣椒的好处的。据说广东的廉江遂溪一带，市面上没有辣椒卖，外省人到那里住的爱吃辣椒时，只好到荒地上找寻野生的辣椒。可见辣椒在中国也尽有发展的园地。只要西南的人肯努力宣传，“口之于味有同嗜焉”，我相信不久的将来，辣椒将成为中国的好友。据我所知，有几位素来不吃辣椒的太太，在长沙住了两三个月，居然吃起辣椒来；现在竟是相依为命，成为非椒不饱的人了。在乡间住了一年多，更懂得辣椒的宝贵。贫穷的人家，辣椒算是最能下饭的好菜。人类是需要刺激的。大都市的人们从电影院和跳舞场中找刺激；乡下人没有这些。除了旱烟和烧酒之外，就只有辣椒能给他们以刺激了。辛苦了一天之后，“持椒把酒”，那一副怡然自得的神气，竟和骚人墨客的“持螯把酒”差不多。辣椒之动人，在激，不在诱。而且它激得凶，一进口就像刺入了你的舌头，不像咖啡的慢性刺激。只凭这一点说，它已经具有“刚者”之强。湖南人之喜欢革命，有人归功于辣椒。依这种说法，现在西南各省支持抗战，不屈服，不妥协，自然更是受了辣椒的刚者之德的感召了。向来不喜欢辣椒的我，在辣椒之乡住了几年，颇有同化的倾向。近来新染胃病，更想一试良药。再者，最廉价的香烟每盒的价钱已经超过我每日的收入之半数，

我在戒烟之后，很想找出一种最便宜而又最富于刺激性的替代品。因此，我现在已经下决心了和椒兄订交了。

喝茶

周作人

茶道的意思，用平凡的话来说，可以称作『忙里偷闲，苦中作乐』，在不完全的现世享乐一点美与和谐，在刹那间体会永久。

前回徐志摩先生在平民中学讲“吃茶”——并不是胡适之先生所说的“吃讲茶”——我没有工夫去听，又可惜没有见到他精心结构的讲稿，但我推想他是在讲日本的“茶道”，而且一定说的很好。茶道的意思，用平凡的话来说，可以称作“忙里偷闲，苦中作乐”，在不完全的现世享乐一点美与和谐，在刹那间体会永久，在日本之“象征的文化”里的一种代表艺术。关于这一件事，徐先生一定已有透彻巧妙的解说，不必再来多嘴，我现在所想说的，只是我个人的很平常的喝茶罢了。

喝茶以绿茶为正宗，红茶已经没有什么意味，何况又加糖与牛奶？葛辛（George Gissing）的《草堂随笔》（*Private Papers of Henry Ryecroft*）确是很有趣味的书，但冬之卷里说及饮茶，以为英国家庭里下午的红茶与黄油面包是一日中最大的乐事，支那饮茶已历千百年，未必能领略此种乐趣与实益的万分之一，则我殊不以为然，红茶带“土斯”未始不可吃，但这只是当饭，在肚饥时食之而已；我的所谓喝茶，却是在喝清茶，在赏鉴其色与香与味，意未必在止渴，自然更不在果腹了。中国古昔曾吃过煎茶及抹茶，现在所用的都是泡茶，冈仓觉三在《茶之书》（*Book of Tea*，1919）里很巧妙地称之曰“自然主义的茶”，所以我们所重的即在这自然之妙味。中国人上茶馆去，左一碗右一碗地喝了半天，好像是刚从沙漠里回来的样子，颇合于我的喝茶的意思（听说闽粤有所谓吃功夫茶者，自然也有道理），只可惜近来太是洋场化，失了本意，其结果成为饭馆子之流，只在乡村间还保存一点古风，惟是屋宇器具简陋万分，或者但可称为颇有喝茶之意，而未可许为已得喝茶之道也。

喝茶当于瓦屋纸窗之下，清泉绿茶，用素雅的陶瓷茶具，同二三人共饮，得半日之闲，可抵十年的尘梦。喝茶之后，再去继续修各人的胜业，无论为名为利，都无不可，但偶然的片刻优游亦断不可少。中国喝茶时多吃瓜子，我觉得不很适宜，喝茶时所吃的东西应当是轻淡的“茶食”。中国的茶食却变了“满汉饽饽”，其性质与“阿阿兜”相差无几，不是喝茶时所吃的东西了。日本的点心虽是豆米的成品，但那优雅的形色，朴素的味道，很合于茶食的资格，如各色“羊羹”（据上田恭辅氏考据，说是出于中国唐时的羊肝饼），尤有特殊的风味。江南茶馆中有一种“干丝”，用豆腐干切成细丝，加姜丝酱油，重汤炖热，上浇麻油，出以供客，其利益为“堂馆”所独有。豆腐干中本有一种“茶干”，今变而为丝，亦颇与茶相宜。在南京时常食此品，据云有某寺方丈所制为最，虽也曾尝试，却已忘记，所记得者乃只是下关的江天阁而已。学生们的习惯，平常“干丝”既出，大抵不即食，等到麻油再加，开水重换之后，始行举箸，最为合式。因为一到即罄，次碗继至，不遑应酬，否则麻油三浇，旋即撤去，怒形于色，未免使客不欢而散，茶意都消了。

吾乡昌安门外有一处地方，名三脚桥（实在并无三脚，乃是三出，因以一桥而跨三叉的河上也），其地有豆腐店曰周德和者，制茶干最有名。寻常的豆腐干方约寸半，厚三分，值钱二文，周德和的价值相同，小而且薄，几及一半，黝黑坚实，如紫檀片。我家距三脚桥有步行两小时的路程，故殊不易得，但能吃到油炸者而已。每天有人挑担设炉镬，沿街叫卖，其词曰：

辣酱辣，

麻油炸，

红酱搽，

辣酱拓，

周德和格五香油炸豆腐干。

其制法如上所述，以竹丝插其末端，每枚值三文。豆腐干大小如周德和，而甚柔软，大约系常品。唯经过这样烹调，虽然不是茶食之一，却也不失为一种好豆食。豆腐的确也是极乐的佳妙的食品，可以有种种的变化，唯在西洋不会被领解，正如茶一般。

日本用茶淘饭，名曰“茶渍”，以腌菜及“泽庵”（即福建的黄土萝卜，日本泽庵法师始传此法，盖从中国传去）等为佐，很有清淡而甘香的风味。中国人未尝不这样吃，唯其原因，非由穷困即为节省，殆少有故意往清茶淡饭中寻其固有之味者，此所以为可惜也。

再论吃茶

周作人

我是江南桑苎家，汲泉闲品故园茶，只应碧齿苍鹰爪，可压红囊白雷芽。

郝懿行《证俗文》一云：

“考茗饮之法始于汉末，而已萌芽于前汉，然其饮法未闻，或曰为饼咀食之，逮东汉末蜀吴之人始造茗饮。”据《世说》云，王濛好茶，人至辄饮之，士大夫甚以为苦，每欲候濛，必云今日有水厄。又《洛阳伽蓝记》说王肃归魏住洛阳，初不食羊肉及酪浆等物，常饭鲫鱼羹，渴饮茗汁，京师士子见肃一饮一斗，号为漏卮。后来虽然王肃习于胡俗，至于说茗不中与酪作奴，又因彭城王的嘲戏，“自是朝贵宴会虽设茗饮，皆耻不复食，唯江表残民远来降者好之”，但因此可见六朝时南方吃茶的嗜好很是普遍，而且所吃的分量也很多。到了唐朝统一南北，这个风气遂大发达，有陆羽卢仝等人可以作证，不过那时的茶大约有点近于西人所吃的红茶或咖啡，与后世的清茶相去颇远。

明田艺蘅《煮泉小品》云：“唐人煎茶多用姜盐，故鸿渐云，初沸水合量，调之以盐味，薛能诗，盐损添常戒，姜宜着更夸。苏子瞻以为茶之中等用姜煎信佳，盐则不可。余则以为二物皆水厄也，若山居饮水，少下二物以减岚气，或可耳，而有茶则此固无须也。至于今人荐茶类下茶果，此尤近俗，是纵佳者，能损真味，亦宜去之。且下果则必用匙，若金银大非山居之器，而铜又生腥，皆不可也。若旧称北人和以酥酪，蜀人入以白土，此皆蛮饮，固不足责。人有以梅花菊花茉莉花荐茶者，虽风韵可赏，亦损茶味，如有佳茶亦无事此。”

此言甚为清茶张目，其所根据盖在自然一点，如下文即很明了地表示此意：

“茶之团者片者皆出于碾硙之末，既损真味，复加油垢，即非佳品，总不若今之芽茶也，盖天真者自胜耳。芽茶以火作者为次，生晒者为上，亦更近自然，且断烟火气耳。”谢肇淛《五杂俎》十一亦有两则云：

“古人造茶，多舂令细，末而蒸之，唐诗‘家僮隔竹敲茶臼’是也。至宋始用碾，揉而焙之则自本朝（案明朝）始也。但揉者恐不若细末之耐藏耳。”

“《文献通考》，茗有片有散。片者即龙团旧法，散者则不蒸而干之，如今之茶也。始知南渡之后茶渐以不蒸为贵矣。”清乾隆时茹敦和著《越言释》二卷，有撮泡茶一条，撮泡茶者即叶茶，撮茶叶入盖碗中而泡之也，其文云：

“《诗》云荼苦，《尔雅》苦荼，茶者荼之减笔字，前人已言之，今不复赘。茶理精于唐，茶事盛于宋，要无所谓撮泡茶者。今之撮泡茶或不知其所自，然在宋时有之，且自吾越人始之。案炒青之名已见于陆诗，而放翁《安国院试茶》之作有曰：‘我是江南桑苎家，汲泉闲品故园茶，只应碧齿苍鹰爪，可压红囊白雪芽。’其自注曰，日铸以小瓶蜡纸，丹印封之，顾渚贮以红蓝缣囊，皆有岁贡。小瓶蜡纸至今犹然，日铸则越茶矣。不团不饼，而曰炒青曰苍龙爪，则撮泡矣。是撮泡者对硙茶言之也。又古者茶必有点。无论其为硙茶为撮泡茶，必择一二佳果点之，谓之点茶。点茶者必于茶器正中处，故又谓之点心。此极是杀风景事，然里俗以此为恭敬，断不可少。岭南人往往用糖梅，吾越则好用红姜片子，他如莲菂榛仁，无所不可。其后杂用果色，盈杯溢盏，略以瓯茶注之，谓之果子茶，已失点茶之旧矣。渐至盛筵贵客，累果高至尺余，又复雕鸾刻凤，缀绿攒红以为之饰，一茶之值乃至数金，谓之高茶，可观而不可食，虽名为茶，实与茶风马牛。又有从而反之者。聚诸干，烂煮之，和以糖蜜，谓之原汁茶，可以食矣，食竟则摩腹而起，盖疗饥之上药，非止渴之本谋，其于茶亦了无干涉也。他若莲子茶龙眼茶种种诸名色相沿成故，而糕餐饼饵皆名之为茶食，尤为可笑。由是撮泡之茶遂至为世诟病。凡事以费钱为贵耳，虽茶亦然，何必雅人深致哉。又江广间有礌茶，是姜盐煎茶遗制，尚存古意，未可与越人之高茶原汁茶同类而并讥之。”王侃著《巴山七种》，同治乙丑刻，其第五种曰《江州笔谈》，卷上有一则云：

“乾隆嘉庆间宦家宴客，自客至及入席时，以换茶多寡别礼之隆杀。其点茶花果相间，盐渍蜜渍以不失色香味为贵，春不尚兰，秋不尚桂，诸果亦然，大者用片，小者去核，空其中，均以镂刻争胜，有若为饤盘者，皆闺秀事也。茶匙用金银，托盘或银或铜，皆錾细花，髹漆皮盘则描金细花，盘之颜色式样人人各异，其中托碗处围圈高起一分，以约碗底，如托酒盏之护衣碟子。茶每至，主人捧盘递客，客起接盘自置于几。席罢乃啜叶茶一碗而散，主人不亲递也。今自客至及席罢皆用叶茶，言及换茶人多不解。又今之茶托子绝不见如舟如梧橐鄂者。事物之随时而变如此。”

予生也晚，已在马江战役之后，儿时有所见闻亦已后于栖清山人者将三十年了。但乡曲之间有时尚存古礼，原汁茶之名虽不曾听说，高茶则屡见，有时极精巧，多至五七层，状如浮图，叠灯草为栏干，染芝麻砌作种种花样，中列人物演故事，不过今不以供客，只用作新年祖像前陈设耳。因高茶而联想到的则有高果，旧日结婚祭祀时必用之，下为锡碗，其上立竹片，缚诸果高一尺许，大抵用荸荠金橘等物，而令人最不能忘记的却是甘蔗这一种，因为上边有“甘蔗菩萨”，以带皮红甘蔗削片，略加刻画，穿插成人物，甚古拙有趣，小时候分得此菩萨一尊，比有甘蔗吃更喜欢也。莲子等茶极常见，大概以莲子为最普通，杏酪龙眼为贵，芡栗已平凡，百合与扁豆茶则卑下矣。凡待客以结婚时宴“亲送”舅爷为最隆重，用三道茶，即杏酪莲子及叶茶，平常亲戚往来则叶茶之外亦设一果子茶，十九皆用莲子。范寅《越谚》卷中饮食门下，有茶料一条，注曰，“母以莲栗枣糖遗出嫁女，名此。”又酾茶一条注曰，“新妇煮莲栗枣，遍奉夫家戚族尊长卑幼，名此，又谓之喜茶。”此风至今犹存，即平日往来馈送用提合，亦多以莲子白糖充数。儿童入书房拜蒙师，以茶盅若干副分装莲子白糖为礼，师照例可全收，似向来酾茶系致敬礼。此所谓茶又即是果子茶，为便利计乃用茶料充之，而茶料则以莲糖为之代表也，点茶用花今亦有之，唯不用鲜花临时冲入，改而为窨，取桂花茉莉珠兰等和茶叶中，密封待用。果已少用，但尚存橄榄一种，俗称元宝茶，新年人茶店多饮之取利市，色香均不恶，与茶尚不甚相忤，至于姜片等则未见有人用过。越中有一种茶盅，高约一寸许，口径二寸，有盖，与茶杯茶碗茶缸异，盖专以盛果子茶者，别有旧式者以银皮为里，外面系红木，近已少见，现所有者大抵皆陶制也。

茶本是树的叶子，摘来瀹汁喝喝，似乎是颇简单的事，事实却并不然。自吴至南宋将一千年，始由团片而用叶茶，至明大抵不入姜盐矣，然而点茶下花果，至今不尽改，若又变而为果羹，则几乎将与酪竞爽了。岂酾茶致敬，以叶茶为太清淡，改用果饵，茶终非吃不可，抑或留恋于古昔之膏香盐味，故仍于其中杂投华实，尝取浓厚的味道乎？均未可知也。南方虽另有果茶，但在茶店凭栏所饮的一碗碗的清茶却是道地的苦茗，即俗所谓龙井，自农工以至老相公盖无不如此，而北方民众多嗜香片，以双窨为贵，此则犹有古风存焉。不佞食酪而亦吃茶，茶常而酪不可常，故酪疏而茶亲，唯亦未必平反旧案，主茶而奴酪耳，此二者盖牛羊与草木之别，人性各有所近，其在不佞则稍喜草木之类也。

吃茶文学论

阿英

然而山人名士，不仅要吃好茶，还要写吃茶的诗，很精致地刻『吃茶文学』的集子。

吃茶是一件“雅事”，但这雅事的特权者，是属于“山人”“名士”者流。所以往古以来，谈论这件事最起劲，而又可考的，多属此辈。若夫乡曲小子，贩夫走卒，即使在疲乏之余，也要跑进小茶馆去喝点茶，那只是休息与解渴，说不上“品”，也说不上“雅”的。至于采茶人，根本上就谈不上有好茶可喝，能以留下一些“茶末”“茶梗”，来供自己和亲邻们享受，已经不是茶区里的“凡人”了。

然而山人名士，不仅要吃好茶，还要写吃茶的诗，很精致地刻“吃茶文学”的集子。陆羽《茶经》以后，我们有的是讲吃茶的书。曾经看到一部明刻的《茶集》，收了唐以后的吃茶的文与诗，书前还刻了唐伯虎的两页《煮泉图》，以及当时许多文坛名人的题词。吃茶还需要好的泉水，从这《煮泉图》的题名上，也就可以想到。因此，当时讲究吃茶的名士，遥远地雇了专船去惠山运泉，是时见于典籍，虽然丘长孺为这件事，使“品茶”的人曾经狼狈过一回，闹了一点把江水当名泉的笑话。

钟伯敬写过一首《采雨诗》，有小序云："雨连日夕，忽忽无春，采之瀹洺，色香可夺惠泉。其法用白布，方五六尺，系其四角，而石压其中央，以收四至之水，而置瓮中庭受之。避霤者，恶其不洁也。终夕缌缌焉，虑水之不至，则亦不复知有雨之苦矣。以欣代厌，亦居心转境之一道也。"在无可奈何之中，居然给他想出这样的方法，采雨以代名泉，为吃茶，其用心之苦，是可以概见了；张宗子坐在闵老子家，不吃到他的名茶不去，而只耗去一天，又算得什么呢？

还有，所以然爱吃茶，是好有一比的。爱茶的理由，是和"爱佳人"一样。享乐自己，也是装点自己。记得西门庆爱上了桂姐，第一次在她家请客的时候，应伯爵看西门那样的色情狂，在上茶的时候，曾经用首《朝天子》调儿的《茶调》开他玩笑。那词道："这细茶的嫩芽，生长在春风下。不揪不采叶儿渣，但煮看颜色大。绝品清奇，难描难画。口儿里常时呷，醉了时想他，醒来时爱她。原来一篓儿千金价。"拿茶比佳人，正说明了他们对于两者认识的一致性，虽说其间也相当的有不同的地方。

话虽如此，吃茶究竟也有先决的条件，就是生活安定。张大复是一个最会吃茶的人了，在他的全集里、笔谈里，若果把讲吃茶的文章独立起来，也可以印成一本书。比他研究吃茶更深刻的，也许是没有吧。可是，当他正在研究吃茶的时候，妻子也竟要来麻烦他，说厨已无米，使他不得不放下吃茶的大事，去找买米煮饭的钱，而发一顿感叹。

从城隍庙冷摊上买回的一册日本的残本《近世丛语》，里面写得更是有趣了。说是：“山僧嗜茶，有樵夫曰过焉，僧辄茶之。樵夫曰：‘茶有何德，而师嗜之甚也？’僧曰：‘饮茶有三益，消食一也，除睡二也，寡欲三也。’樵夫曰：‘师所谓三益者，皆非小人之利也。夫小人樵苏以给食，豆粥藜羹，仅以充腹，若嗜消食之物，是未免饥也。明而动，晦而休，晏眠熟寐，彻明不觉。虽南面王之乐莫尚之也。欲嗜除睡之物，是未免劳苦也。小人有妻，能与小人共贫窭者，以有同寝之乐也，若嗜寡欲之物，是令妻不能安贫也。夫如此，则三者皆非小人之利也，敢辞。’”可见，吃茶也并不是人人能享受到的“清福”，除掉那些高官大爵，山人名士的一类。

新文人中，谈吃茶，写吃茶文学的，也不乏人。最先有死在“风不知向那一方面吹”的诗人徐志摩等，后有做吃茶文学运动，办吃茶杂志的孙福熙等，不过，徐诗人“吃茶论”已经成了他全集的佚稿，孙画家的杂志，也似乎好久不曾继续了，留下最好的一群，大概是只有“且到寒斋吃苦茶”的苦茶庵主周作人的一个系统。周作人从《雨天的书》时代（一九二五年）开始作“吃茶”到《看云集》出版（一九三三年），是还在“吃茶”，不过在《五十自寿》（一九三四年）的时候，他是指定人“吃苦茶”了。吃茶而到吃苦茶，其吃茶程度之高，是可知的，其不得已而吃茶，也是可知的，然而，我们不能不欣羡，不断的国内外炮火，竟没有把周作人的茶庵、茶壶和茶碗打碎呢，特殊阶级的生活是多么稳定啊。

八九年前，芥川龙之介游上海，他曾经那样地讽刺着九曲桥上的“茶客”；李鸿章时代，外国人也有“看中国人的‘吃茶’，就可以看到这个国度无救”的预言。然而现在，即使就知识阶级言，不仅有“寄沉痛于苦茶者”，也有厌腻了中国茶，而提倡吃外国茶的呢。这真不能不令人有康南海式的感叹了：“呜呼！吾欲无言！”

茶和交友

林语堂

茶须静品，而酒则须热闹。茶之为物，其性能引导我们进入一个默想人生的世界。

我以为从人类文化和快乐的观点论起来，人类历史中的杰出新发明，其能直接有力地有助于我们的享受空闲、友谊、社交和谈天者，莫过于吸烟、饮酒、饮茶的发明。这三件事有几样共同的特质：第一，它们有助于我们的社交；第二，这几件东西不至于一吃就饱，可以在吃饭的中间随时吸饮；第三，都是可以借嗅觉去享受的东西。它们对于文化的影响极大，所以餐车之外另有吸烟车，饭店之外另有酒店和茶餐，至少在中国和英国，饮茶已经成为社交上一种不可少的制度。

烟、酒、茶的适当享受，只能在空闲、友谊和乐于招待之中发展出来。因为只有富于交友心、择友极慎、天然喜爱闲适生活的人士，方有圆满享受烟、酒、茶的机会。如将乐于招待心除去，这三种东西便变成毫无意义。享受这三件东西，也如享受雪月花草一般，须有适当的同伴。中国的生活艺术家最注意此点，例如：看花须和某种人为伴；赏景须有某种女子为伴；听雨最好须在夏日山中寺院内躺在竹榻上。总括起来说，赏玩一样东西时，最紧要的是心境。我们对每一种物事，各有一种不同的心境。不适当的同伴，常会败坏心境。所以生活艺术家的出发点就是：他如更想要享受人生，则第一个必要条件即是和性情相投的人交朋友，须尽力维持这友谊，如妻子要维持其丈夫的爱情一般，或如一个下棋名手宁愿跑一千里的长途去会见一个棋友一般。

气氛是重要的东西。我们必须先对文士的书室的布置，和它的一般的环境有了相当的认识，方能了解他怎样在享受生活。第一，他们必须有共同享受这种生活的朋友，不同的享受须有不同的朋友。和一个勤学而含愁思的朋友去骑马，即属引非其类，正如和一个不懂音乐的人去欣赏一次音乐表演一般。因此，某中国作家曾说过：

赏花须结豪友，观妓须结淡友，登山须结逸友，泛舟须结旷友，对月须结冷友，待雪须结艳友，捉酒须结韵友。

他对各种享受已选定了不同的适当游伴之后，还须去寻找适当的环境。所住的房屋，布置不必一定讲究，地点也不限于风景幽美的乡间，不必一定需一片稻田方足供他的散步，也不必一定有曲折的小溪以供他在溪边的树下小憩。他所需的房屋极其简单，只需："有屋数间，有田数亩，用盆为池，以瓮为牖，墙高于肩，室大于斗，布被暖余，藜羹饱后，气吐胸中，充塞宇宙。凡静室，须前栽碧梧，后种翠竹。前檐放步，北用暗窗，春冬闭之，以避风雨，夏秋可开，以通凉爽。然碧梧之趣，春冬落叶，以舒负暄融和之乐，夏秋交荫，以蔽炎烁蒸烈之威。”或如另一位作家所说，一个人可以“筑室数楹，编槿为篱，结茅为亭。以三亩荫竹树栽花果，二亩种蔬菜。四壁清旷，空诸所有。蓄山童灌园薙草，置二三胡床着亭下。挟书剑，伴孤寂，携琴弈，以迟良友”。

到处充满着亲热的空气。

吾斋之中，不尚虚礼。凡入此斋，均为知己。随分款留，忘形笑语。不言是非，不侈荣利。闲谈古今，静玩山水。清茶好酒，以适幽趣。臭味之交，如斯而已。

在这种同类相引的气氛中，我们方能满足色、香、声的享受，吸烟饮酒也在这个时候最为相宜。我们的全身便于这时变成一种盛受器械，能充分去享受大自然和文化所供给我们的色、声、香味。我们好像已变为一具优美的小提琴，正待由一位大音乐家来拉奏名曲了。于是我们“月夜焚香，古桐三弄，便觉万虑都忘。妄想尽绝。试看香是何味，烟是何色，穿窗之白是何影，指下之余是何音，恬然乐之而悠然忘之者是何趣，不可思量处是何境？”

一个人只有在神清气爽，心气平静，知己满前的境地中，方真能领略到茶的滋味。因为茶须静品，而酒则须热闹。茶之为物，其性能引导我们进入一个默想人生的世界。饮茶之时而有儿童在旁哭闹，或粗蠢妇人在旁大声说话，或自命通人者在旁高谈国事，即十分败兴，正如在雨天或阴天去采茶一般的糟糕。因为采茶必须在天气清明的清早，当山上的空气极为清新，露水的芬芳尚留于叶上时，所采的茶叶方称上品。照中国人说起来，露水实在具有芬芳和神秘的功用，和茶的优劣很有关系。照道家的返自然和宇宙之能生存全恃阴阳二气交融的说法，露水实在是天地在夜间相融后的精英。至今尚有人相信露水为清鲜神秘的琼浆，多饮即能致人兽于长生。特昆雪所说的话很对，他说："茶永远是聪慧的人们的饮料。"但中国人则更进一步，而视它为风雅隐士的珍品。

因此，茶是凡间纯洁的象征，在采制烹煮的手续中，都须十分清洁。采摘烘焙，烹煮取饮之时，手上或杯壶中略有油腻不洁，便会使它丧失美味。所以也只有在眼前和心中毫无富丽繁华的景象和念头时，方能真正地享受它。和妓女作乐时，当然用酒而不用茶。但一个妓女如有了品茶的资格，则她便可以跻于诗人文士所欢迎的妙人儿之列了。苏东坡曾以美女喻茶，但后来，另一个持论家，《煮泉小品》的作者田艺蘅即补充说，如果定要以茶去比拟女人，则惟有麻姑仙子可作比拟。譬如"必若桃脸柳腰，宜亟屏之销金幔中，无俗我泉石。"又说：“啜茶忘喧，谓非膏梁纨绔可语。”

据《茶录》所说：“其旨归于色、香、味，其道归于精、燥、洁。”所以如果要体味这些质素，静默是一个必要的条件，也只有“以一个冷静的头脑去看忙乱的世界”的人，才能够体味出这些质素。自从宋代以来，一般喝茶的鉴赏家认为一杯淡茶才是最好的东西，当一个人专心思想的时候，或是在邻居嘈杂、仆人争吵的时候，或是由面貌丑陋的女仆侍候的时候，常会很容易忽略了淡茶的美妙气味。同时，喝茶的友伴也不可多，“因为饮茶以客少为贵。客众则喧，喧则雅趣乏矣。独啜曰幽；二客曰胜；三四曰趣；五六曰泛；七八曰施。”

《茶疏》的作者说：“若巨器屡巡，满中泻饮，待停少温，或求浓苦，何异农匠作劳，但需涓滴；何论品赏，何知风味乎？”

因为这个理由，因为要顾及烹时的合度和洁净，有茶癖的中国文士都主张烹茶须自己动手。如嫌不便，可用两个小童为助，烹茶须用小炉，烹煮的地点须远离厨房，而近在饮处。茶童须受过训练，当主人的面前烹煮。一切手续都须十分洁净，茶杯须每晨洗涤，但不可用布揩擦。童儿的两手须常洗，指甲中的污腻须剔干净。“三人之下，止爇一炉，如五六人，便当两鼎，炉用一童，汤方调适，若令兼作，恐有参差。”

真正鉴赏家常以亲自烹茶为一种殊乐。中国的烹茶饮茶方法不像日本那么过分严肃和讲规则，而仍属一种富有乐趣而又高尚重要的事情。实在说起来，烹茶之乐和饮茶之乐各居其半。正如吃西瓜子，用牙齿咬开瓜子壳之乐和吃瓜子肉之乐实各居其半。

茶炉大都置在窗前，用硬炭生火。主人很郑重地扇着炉火，注视着水壶中的热气。他用一个茶盘，很整齐地装着一个小泥茶壶和四个比咖啡杯小一些的茶杯。再将贮茶叶的锡罐安放在茶盘的旁边，随口和来客谈着天，但并不忘了手中所应做的事。他时时顾看炉火，等到水壶中渐发沸声后，他就立在炉前不再离开，更加用力地扇火，还不时要揭开壶盖望一望。那时壶底已有小泡，名为“鱼眼”或“蟹沫”，这就是“初滚”。他重新盖上壶盖，再扇上几扇，壶中的沸声渐大，水面也渐起泡，这名为“二滚”。这时已有热气从壶口喷出来，主人也就格外地注意。到将要“三滚”，壶水已经沸透之时，他就提起水壶，将小泥壶里外一浇，赶紧将茶叶加入泥壶，泡出茶来。这种茶如福建人所饮的“铁观音”，大都泡得很浓。小泥壶中只可容水四小杯，茶叶占去其三分之一的容积。因为茶叶加得很多，所以一泡之后即可倒出来喝了。这一道茶已将壶水用尽，于是再灌入凉水，放到炉上去煮，以供第二泡之用。

严格地说起来，茶在第二泡时为最妙。第一泡譬如一个十二三岁的幼女，第二泡为年龄恰当的十六女郎，而第三泡则已是少妇了。照理论上说起来，鉴赏家认第三泡的茶为不可复饮，但实际上，“少妇”的魅力仍很强。

以上所说是我本乡中一种泡茶的实际素描。这个艺术是中国的北方人所不晓的。在中国一般的人家中，所用的茶壶大都较大。至于一杯茶，最好的颜色是青中带黄，而不是英国茶那样的深红色。

我们所描写的当然是指鉴赏家的饮茶，而不是像店铺中的以茶奉客。这种雅举不是普通人所能办到，也不是人来人往、论碗解渴的地方所能办到。《茶疏》的作者许次纾说得好：“宾朋杂沓，止堪交钟觥筹，乍会泛交，仅须常品酬酢。惟素心同调，彼此畅适，清言雄辩，脱略形骸，始可呼童篝火，吸水点汤，量客多少，为役之烦简。”而《茶解》作者所说的就是此种情景：“山堂夜坐，汲泉煮茗。至水火相战，如听松涛。倾泻入杯，云光滟潋。此时幽趣，故难与俗人言矣。”

凡真正爱茶者，单是摇摩茶具，已经自有其乐趣。蔡襄年老时已不能饮茶，但他每天必烹茶以自娱，即其一例。又有一个文士名叫周文甫，他每天自早至晚，必在规定的时刻自烹自饮六次。他极钟爱他的茶壶，死时甚至以壶为殉。

因此茶的享受、技术包括下列各节：第一，茶味娇嫩，茶易败坏，所以整治时，须十分清洁，须远离酒类香类一切有强味的事物，和身带这类气息的人；第二，茶叶须贮藏于冷燥之处，在潮湿的季节中，备用的茶叶须贮于小锡罐中，其余则另贮大罐，封固藏好，不取用时不可开启，如若发霉，则须在文火上微烘，一面用扇子轻轻挥扇，以免茶叶变黄或变色；第三，烹茶的艺术一半在于择水，山泉为上，河水次之，井水更次，水槽之水如来自堤堰，因为本属山泉，所以很可用得；第四，客不可多，且须文雅之人，方能鉴赏杯壶之美；第五，茶的正色是青中带微黄，过浓的红茶即不能不另加牛奶、柠檬、薄荷或他物以调和其苦味；第六，好茶必有回味，大概在饮茶半分钟后，当其化学成分和津液发生作用时，即能觉出；第七，茶须现泡现饮，泡在壶中稍稍过候，即会失味；第八，泡茶必须用刚沸之水；第九，一切可以混杂真味的香料，须一概摒除，至多只可略加些桂皮或茌茌花，以合有些爱好者的口味而已；第十，茶味最上者，应如婴孩身上一般的带着“奶花香”。

寻常茶话

汪曾祺

北京人爱喝花茶，以为只有花茶才算是茶。我不太喜欢花茶，但好的花茶例外，比如老舍先生家的花茶。

我对茶实在是个外行。茶是喝的，而且喝得很勤，一天换三次叶子。每天起来第一件事，便是坐水、沏茶。但是毫不讲究。对茶叶不挑剔。青茶、绿茶、花茶、红茶、沱茶、乌龙茶，但有便喝。茶叶多是别人送的，喝完了一筒，再开一筒，喝完了碧螺春，第二天就可以喝蟹爪水仙。但是不论什么茶，总得是好一点的。太次的茶叶，便只好留着煮茶叶蛋。《北京人》里的江泰认为喝茶只是“止渴生津利小便”，我以为还有一种功能，是“提神”。《陶庵梦忆》记闵老子茶，说得神乎其神。我则有点像董日铸，以为“浓、热、满三字尽茶理”。

我不喜欢喝太烫的茶，沏茶也不爱满杯。我的家乡认为客人斟茶斟酒“酒要满，茶要浅”，茶斟得太满是对客人不敬，甚至是骂人。于是就只剩下一个字，浓。我喝茶是喝得很酽的。常在机关开会，有女同志尝了我的一口茶，说是“跟药一样”。因此，写不出关于茶的文章。要写，也只是些平平常常的话。

我读小学五年级那年暑假，我的祖父不知怎么忽然高了兴，要教我读书。“穿堂”的左侧有两间空屋。里间是佛堂，挂了一幅丁云鹏画的佛像，佛的袈裟是朱红的。佛像下，是一尊乌斯藏铜佛。我的祖母每天早晚来烧一炷香。外间本是个贮藏室，房梁上挂着干菜，干的粽叶。靠墙有一缸“臭卤”，面筋、百叶、笋头、苋菜秸都放在里面臭。临窗设一方桌，便是我的书桌。祖父每天早晨来讲《论语》一章，剩下的时间由我自己写大小字各一张。大字写《圭峰碑》，小字写《闲邪公家传》，都是祖父从他的藏帖里拿来给我的。隔日作文一篇。还不是正式的八股，是一种叫作“义”的文体，只是解释《论语》的内容。题目是祖父出的。我共做了多少篇“义”，已经不记得了。只记得有一题是“孟子反不伐义”。

祖父生活俭省，喝茶却颇考究。他是喝龙井的，泡在一个深栗色的扁肚子的宜兴砂壶里，用一个细瓷小杯倒出来喝。他喝茶喝得很酽，一次要放多半壶茶叶。喝得很慢，喝一口，还得回味一下。

他看看我的字，我的“义”，有时会另拿一个杯子，让我喝一杯他的茶。真香。从此我知道龙井好喝，我的喝茶浓酽，跟小时候的熏陶也有点关系。

后来我到了外面，有时喝到龙井茶，会想起我的祖父，想起孟子反。

我的家乡有“喝早茶”的习惯，或者叫作“上茶馆”。上茶馆其实是吃点心，包子、蒸饺、烧卖、千层糕……茶自然是要喝的。在点心未端来之前，先上一碗干丝。我们那里原先没有煮干丝，只有烫干丝。干丝在一个敞口的碗里堆成塔状，临吃，堂倌把装在一个茶杯里的佐料——酱油、醋、麻油浇入。喝热茶、吃干丝，一绝！

抗日战争时期，我在昆明住了七年，几乎天天泡在茶馆。“泡茶馆”是西南联大学生特有的说法。本地人叫作“坐茶馆”，“坐”，本有消磨时间的意思，“泡”则更胜一筹。这是从北京带过去的一个字，“泡”者，长时间地沉溺其中也，与“穷泡”“泡蘑菇”的“泡”是同一语源。联大学生在茶馆里往往一泡就是半天。干什么的都有。聊天、看书、写文章。有一位教授在茶馆里读梵文。有一位研究生，可称泡茶馆的冠军。此人姓陆，是一怪人。他曾经徒步旅行了半个中国，读书甚多，而无所著述，不爱说话。他简直是“长”在茶馆里。上午、下午、晚上，要一杯茶，独自坐着看书。他连漱洗用具都放在一家茶馆里，一起来就到茶馆里洗脸刷牙。听说他后来流落在四川，穷困潦倒而死，悲夫！

昆明茶馆里卖的都是青茶，茶叶不分等次，泡在盖碗里。文林街后来开了家“摩登”茶馆，用玻璃杯卖绿茶、红茶——

滇红、滇绿。滇绿色如生青豆，滇红色似“中国红”葡萄酒，茶叶都很厚。滇红尤其经泡，三开之后，还有茶色。我觉得滇红比祁（门）红、英（德）红都好，这也许是我的偏见。当然比斯里兰卡的“利普顿”要差一些——有人喝不来“利普顿”，说是味道很怪。人之好恶，不能勉强。我在昆明喝过大烤茶。把茶叶放在粗陶的烤茶罐里，放在炭火上烤得半焦，倾入滚水，茶香扑人。几年前在大理街头看到有烤茶缸卖，犹豫一下，没有买。买了，放在煤气灶上烤，也不会有那样的味道。

1946年冬，开明书店在绿杨邨请客。饭后，我们到巴金先生家喝工夫茶。几个人围着浅黄色的老式圆桌，看陈蕴珍（萧珊）“表演”濯器、炽炭、注水、淋壶、筛茶。每人喝了三小杯。我第一次喝工夫茶，印象深刻。这茶太酽了，只能喝三小杯。在座的除巴先生夫妇，有靳以、黄裳。一转眼，四十三年了。靳以、萧珊都不在了。巴老衰病，大概没有喝一次工夫茶的兴致了。那套紫砂茶具大概也不在了。

我在杭州喝过一杯好茶。

1947年春，我和几个在一个中学教书的同事到杭州去玩。除了“西湖景”，使我难忘的两样方物，一是醋鱼带把。所谓“带把”，是把活草鱼的脊肉剔下来，快刀切为薄片，其薄如纸，浇上好秋油，生吃。鱼肉发甜，鲜脆无比。我想这就是中国古代的“切脍”。一是在虎跑喝的一杯龙井。真正的狮峰龙井雨前新芽，每蕾皆一旗一枪，泡在玻璃杯里，茶叶皆直立不倒，载浮载沉，茶色颇淡，但入口香浓，直透肺腑，真是好茶！只是太贵了。一杯茶，一块大洋，比吃一顿饭还贵。狮峰茶名不虚传，但不得虎跑水不可能有这样的味道。我自此才知道，喝茶，水是至关重要的。

我喝过的好水有昆明的黑龙潭泉水。骑马到黑龙潭，疾驰之后，下马到茶馆里喝一杯泉水泡的茶，真是过瘾。泉就在茶馆檐外地面，一个正方的小池子，看得见泉水咕嘟咕嘟往上冒。井冈山的水也很好，水清而滑。有的水是“滑”的，“温泉水滑洗凝脂”，并非虚语。井冈山水洗被单，越洗越白；以泡“狗古脑”茶，色味俱发，不知道水里含了什么物质。天下第一泉、第二泉的水，我没有喝出什么道理。济南号称泉城，但泉水只能供观赏，用以泡茶，不觉得有什么特点。

有些地方的水真不好。比如盐城。盐城真是“盐城”，水是咸的。中产以上人家都吃“天落水”。下雨天，在天井上方张了布幕，以接雨水，存在缸里，备烹茶用。最不好吃的水是菏泽。菏泽牡丹甲天下，因为菏泽土中含碱，牡丹喜碱性土。我们到菏泽看牡丹，牡丹极好，但茶没法喝。不论是青茶、绿茶，沏出来一会儿就变成红茶了，颜色深如酱油，入口咸涩。

由菏泽往梁山，住进招待所后，第一件事便是赶紧用不带碱味的甜水沏一杯茶。

老北京早起都要喝茶，得把茶喝“通”了，这一天才舒服。无论贫富，皆如此。1948年我在午门历史博物馆工作。馆里有几位看守员，岁数都很大了。他们上班后，都是先把带来的窝头片在炉盘上烤上，然后轮流用水氽坐水沏茶。茶喝足了，才到午门城楼的展览室里去坐着。他们喝的都是花茶。

北京人爱喝花茶，以为只有花茶才算是茶（很多人把茉莉花叫作“茶叶花”）。我不太喜欢花茶，但好的花茶例外，比如老舍先生家的花茶。

老舍先生一天离不开茶。他到莫斯科开会，苏联人知道中国人爱喝茶，倒是特意给他预备了一个热水壶。可是，他刚沏了一杯茶，还没喝几口，一转脸，服务员就给倒了。老舍先生很愤慨地说：“他妈的！他不知道中国人喝茶是一天喝到晚的！”一天喝茶喝到晚，也许只有中国人如此。外国人喝茶都是论“顿”的，难怪那位服务员看到多半杯茶放在那里，以为老先生已经喝完了，不要了。

龚定庵以为碧螺春天下第一。我曾在苏州东山的“雕花楼”喝过一次新采的碧螺春。“雕花楼”原是一个华侨富商的住宅，楼是进口的硬木造的，到处都雕了花，八仙庆寿、福禄寿三星、龙、凤、牡丹……真是集恶俗之大成。但碧螺春真是好。不过茶是泡在大碗里的，我觉得这有点煞风景。后来问陆文夫，文夫说碧螺春就是讲究用大碗喝的。茶极细，器极粗，亦怪！

在湖南桃源喝过一次擂茶。茶叶、老姜、芝麻、米，加盐放在一个擂钵里，用硬木的擂棒“擂”成细末，用开水冲开，便是擂茶。

茶可入馔，制为食品。杭州有龙井虾仁，想不恶。裘盛戎曾用龙井茶包饺子，可谓别出心裁。日本有茶粥。《俳人的食物》说俳人小聚，食物极简单，“但惟茶粥一品，万不可少。”茶粥是啥样的呢？我曾用粗茶叶煎汁，加大米熬粥，自以为这便是“茶粥”了。有一阵子，我每天早起喝我所发明的茶粥，自以为很好喝。四川的樟茶鸭子乃以柏树枝、樟树叶及茶叶为熏料，吃起来有茶香而无茶味。曾吃过一块龙井茶心的巧克力，这简直是恶作剧！用上海人的话说：巧克力与龙井茶实在完全“弗搭界”。

谈酒

周作人

酒的趣味只是在饮的时候，我想悦乐大抵在做的这一刹那，倘若说是陶然那也当是杯在口的一刻吧。

这个年头儿，喝酒倒是很有意思的。我虽是京兆人，却生长在东南的海边，是出产酒的有名地方。我的舅父和姑父家里时常做几缸自用的酒，但我终于不知道酒是怎么做法，只觉得所用的大约是糯米，因为儿歌里说“老酒糯米做，吃得变nionio”——末一字是本地猪的俗语。做酒的方法与器具似乎都很简单，只有煮的时候的手法极不容易，非有经验的工人不办，平常做酒的人家大抵聘请一个人来，俗称“酒头工”，以自己不能喝酒者为最上，叫他专管鉴定煮酒的时节。有一个远房亲戚，我们叫他“七斤公公”——他是我舅父的族叔，但是在他家里做短工，所以舅母只叫他作“七斤老”，有时也听见她叫“老七斤”，是这样的酒头工，每年去帮人家做酒。他喜吸旱烟，说玩话，打马将，但是不大喝酒（海边的人喝一两碗是不算能喝，照市价计算也不值十文钱酒），所以生意很好，时常跑一二百里路被招到诸暨嵊县去。据他说这实在并不难，只须走到缸边屈着身听，听见里边起泡的声音切切察察的，好像是螃蟹吐沫（儿童称为蟹煮饭）的样子，便拿来煮就得了；

早一点酒还成，迟一点就变酸了。但是怎么是恰好的时期，别人仍不能知道，只有听熟的耳朵才能够断定，正如古董家的眼睛辨别古物一样。

大人家饮酒多用酒盅，以表示其斯文，实在是不对的。正当的喝法是用一种酒碗，浅而大，底有高足，可以说是古已有之的香宾杯。平常起码总是两碗，合一“串筒”，价值似是六文一碗。串筒略如倒写的凸字，上下部如一与三之比，以洋铁为之，无盖无嘴，可倒而不可筛，据好酒家说酒以倒为正宗，筛出来的不大好吃。唯酒保好于量酒之前先“荡”（置水于器内，摇荡而洗涤之谓）串筒，荡后往往将清水之一部分留在筒内，客嫌酒淡，常起争执，故喝酒老手必先戒堂倌以勿荡串筒，并监视其量好放在温酒架上。能饮者多索竹叶青，通称曰“本色”，“元红”系状元红之略，则着色者，唯外行人喜饮之。在外省有所谓花雕者，唯本地酒店中却没有这样东西。相传昔时人家生女，则酿酒贮花雕（一种有花纹的酒坛）中，至女儿出嫁时用以饷客，但此风今已不存，嫁女时偶用花雕，也只临时买元红充数，饮者不以为珍品。有些喝酒的人预备家酿，却有极好的，每年做醇酒若干坛，按次第埋园中，二十年后掘取，即每岁皆得饮二十年陈的老酒了。此种陈酒例不发售，故无处可买，我只有一回在旧日业师家里喝过这样好酒，至今还不曾忘记。

我既是酒乡的一个土著，又这样的喜欢谈酒，好像一定是个与“三酉”结不解缘的酒徒了。其实却大不然。我的父亲是很能喝酒的，我不知道他可以喝多少，只记得他每晚用花生米、水果等下酒，且喝且谈天，至少要花费两点钟，恐怕所喝的酒一定很不少了。但我却是不肖，不，或者可以说有志未逮，因为我很喜欢喝酒而不会喝，所以每逢酒宴我总是第一个醉与脸红的。自从辛酉患病后，医生叫我喝酒以代药饵，定量是勃兰地每回二十格阑姆，蒲桃酒与老酒等倍之，六年以后酒量一点没有进步，到现在只要喝下一百格阑姆的花雕，便立刻变成关夫子了。（以前大家笑谈称作“赤化”，此刻自然应当谨慎，虽然是说笑话。）有些有不醉之量的，愈饮愈是脸白的朋友，我觉得非常可以欣羡，只可惜他们愈能喝酒便愈不肯喝酒，好像是美人之不肯显示她的颜色，这实在是太不应该了。

黄酒比较的便宜一点，所以觉得时常可以买喝，其实别的酒也未尝不好。白干于我未免过凶一点，我喝了常怕口腔内要起泡，山西的汾酒与北京的莲花白虽然可喝少许，也总觉得不很和善。日本的清酒我颇喜欢，只是仿佛新酒模样，味道不很静定。葡萄酒与橙皮酒都很可口，但我以为最好的还是勃兰地。我觉得西洋人不很能够了解茶的趣味，至于酒则很有工夫，决不下于中国。天天喝洋酒当然是一个大的漏卮，正如吸烟卷一般，但不必一定进国货党，咬定牙根要抽净丝，随便喝一点什么酒其实都是无所不可的，至少是我个人这样的想。

喝酒的趣味在什么地方？这个我恐怕有点说不明白。有人说，酒的乐趣是在醉后的陶然的境界，但我不很了解这个境界是怎样的，因为我自饮酒以来似乎不大陶然过，不知怎的我的醉大抵都只是生理的，而不是精神的陶醉。所以照我说来，酒的趣味只是在饮的时候，我想悦乐大抵在做的这一刹那，倘若说是陶然那也当是杯在口的一刻吧。醉了，困倦了，或者应当休息一会儿，也是很安舒的，却未必能说酒的真趣是在此间。昏迷，梦魇，呓语，或是忘却现世忧患之一法门；其实这也是有限的，倒还不如把宇宙性命都投在一口美酒里的耽溺之力还要强大。我喝着酒，一面也怀着“杞天之虑”，生恐强硬的礼教反动之后将引起颓废的风气，结果是借醇酒妇人以避礼教的迫害，沙宁时代的出现不是不可能的。但是，或者在中国什么运动都未必彻底成功，青年的反拨力也未必怎么强盛，那么杞天终于只是杞天，仍旧能够让我们喝一口非耽溺的酒也未可知。倘若如此，那时喝酒又一定另外觉得很有意思了吧？

谈酒

台静农

但我所喜欢的还是苦老酒，可也不因为它的苦味与黑色，而是喜欢它的乡土风味。即如它的色与味，就十足的代表它的乡土风。

不记得什么时候同一友人谈到青岛有种苦老酒，而他这次竟从青岛带了两瓶来，立时打开一尝，果真是隔了很久而未忘却的味儿。我是爱酒的，虽喝过许多地方不同的酒，却写不出酒谱，因为我非知味者，有如我之爱茶，也不过因为不惯喝白开水的关系而已。我于这苦老酒却是喜欢的，但只能说是喜欢。普通的酒味不外辣和甜，这酒却是焦苦味，而亦不失其应有的甜与辣味；普通酒的颜色是白或黄或红，而这酒却是黑色，像中药水似的。原来青岛有一种叫作老酒的，颜色深黄，略似绍兴花雕。某年一家大酒坊，年终因酿酒的高粱预备少了，不足供应平日的主顾，仓促中拿已经酿过了的高粱，锅上重炒，再行酿出，结果，大家都以为比平常的酒还好，因其焦苦和黑色，故叫作苦老酒。这究竟算得苦老酒的发明史与否，不能确定，我不过这样听来的。可是中国民间的科学方法，本来就有些不规范，例如贵州茅台村的酒，原是山西汾酒的酿法，结果其芳冽与回味，竟大异于汾酒。

济南有种兰陵酒，号称为中国的白兰地，济宁又有一种金波酒，也是山东的名酒之一，苦老酒与这两种酒比，自然无其名贵，但我所喜欢的还是苦老酒，可也不因为它的苦味与黑色，而是喜欢它的乡土风味。即如它的色与味，就十足的代表它的乡土风，不像所有的出口货，随时在叫人“你看我这才是好货色”的神情；同时我又因它对于青岛的怀想，却又不是游子忽然见到故乡的物事的怀想，因为我没有这种资格，有资格的朋友于酒又无兴趣，偏说这酒有什么好喝？我仅能藉此怀想昔年在青岛作客时的光景：不见汽车的街上，已经开设了不止一代的小酒楼，虽然一切设备简陋，却不是一点名气都没有，楼上灯火明濛，水气昏然，照着各人面前酒碗里浓黑的酒，虽然外面的东北风带了哨子，我们却是酒酣耳热的。现在怀想，不免有点怅惘，但是当时若果喝的是花雕或白干一类的酒，则这一点怅惘也不会有的了。

说起乡土风的酒，想到在四川白沙时曾经喝过的一种叫作杂酒的，这酒是将高粱等原料装在瓦罐里，用纸密封，再涂上石灰，待其发酵成酒。宴会时，酒罐置席旁茶几上，罐下设微火，罐中植一笔管粗的竹筒，客更次离席走三五步，俯下身子，就竹筒吸饮，时时注以白开水，水浸罐底，即变成酒，故竹筒必伸入罐底。据说这种酒是民间专待新姑爷用的，二十七年秋我初到白沙时，还看见酒店里一罐一罐堆着，却不知其为

数间茅屋闲临水，窄衫短帽垂杨里。

花是去年红，吹开一夜风。

宋 王安石

坐酌泠泠水，看煎瑟瑟尘。

无由持一碗，寄与爱茶人。

唐 白居易

弄笔斜行小草，钩帘浅醉闲眠。

更无一点尘埃到，枕上听新蝉。

宋　陆游

山僧对棋坐，局上竹阴清。
映竹无人见，时闻下子声。

唐 白居易

酒，后来我喝到这酒时，市上早已不见有卖的了，想这以后即使是新姑爷也喝不着了。

杂酒的味儿，并不在苦老酒之下，而杂酒且富有原始味。一则它没有颜色可以辨别，再则大家共吸一竹筒，不若分饮为佳；如某夫人所说，有次她刚吸上来，忽又落下去，因想别人也免不了如此，从此她再不愿喝杂酒了。据白沙友人说，杂酒并非当地土酿，而是苗人传来的，大概是的。李宗昉的《黔记》云："咂酒一名重阳酒，以九日贮米于瓮而成，他日味劣，以草塞瓶头，临饮注水平口，以通节小竹插草内吸之，视水容若干征饮量，苗人富者以多酿此为胜"；是杂酒之名，当系咂酒之误，而重阳酒一名尤为可喜，以易引人联想，九月天气，风高气爽，正好喝酒，不关昔人风雅也。又陆次云《峒溪纤志》云："咂酒名约藤酒，以米杂草子为之，以火酿成，不刍不酢，以藤吸取，多有以鼻饮者，谓由鼻入喉，更有异趣。"此又名约藤酒者，以藤吸引之故，似没有别的意思。

据上面所引，所谓杂酒者，无疑义的是苗人的土酿了，却又不然。《星槎胜览》卷一，《占城国》云："鱼不腐烂不食，酿不生蛆不为美酒，以米拌药丸和入瓮中，封固如法，收藏日久，其糟生蛆为佳酝。他日开封用长节竹干三四尺者，插入糟瓮中，或团坐五人，量人入水多寡，轮次吸竹，引酒入口，吸尽再入水，若无味则止，有味留封再用。”《星槎胜览》作者费信，明永乐七年随郑和王景宏下西洋者，据云到占城时，正是当年十二月，《胜览》所记，应是实录。占城在今之安南，亦称占婆，Georges Mespero的《占婆史》，考证占城史事甚详。独于占城的酿酒法，不甚了了。仅据《宋史·诸蕃志》云：“不知酝酿之法，止饮椰子酒”，此外引新旧《唐志》云：“槟榔汁为酒”云云，马氏且加按语云：“今日越南本岛居民，未闻有以槟榔酿酒之事。”这样看来，Mespero为《占婆史》时，似未参考《胜览》也。本来考订史事，谈何容易。即如现在我们想知道一种土酒的来源，就不免生出纠葛来，一时不能断定它的来源，只能说它是西南半开化民族一种普通的酿酒法，而且在五百年前就有了。

书

朱湘

天下事真是不如意的多。不讲别的，只说书这件东西，它是再与世无争也没有的了。

拿起一本书来，先不必研究它的内容，只是它的外形，就已经很够我们赏鉴的了。

那眼睛看来最舒服的黄色毛边纸，单是纸色已经在我们的心目中引起一种幻觉，令我们以为这书是一个逃免了时间之摧残的遗民。他所以能幸免而来与我们相见的这段历史的本身，就已经是一本书，值得我们思索、感叹，更不需提起它的内含的真或美了。

还有那一个个正方的形状，美丽的单字，每个字的构成，都是一首诗；每个字的沿革，都是一部历史。“飙”是猎犬风一般快地驰过，嗅着受伤之兽在草中滴下的血腥，顺了方向追去，听到枯草飒索地响，有如秋风卷过去一般。“昏”是“婚”的古字：在太阳下了山，对面不见人的时候，有一群人骑着马，擎着红光闪闪的火把，悄悄向一个人家走近。等到了竹篱柴门之旁的时候，在狗吠声中，趁着门还未闭，一声喊齐拥而入，让新郎从打麦场上挟起惊呼的新娘打马而回。同来的人则抵挡着新娘的父兄，做个不打不成交的亲家。

印书的字体有许多种：宋体挺秀有如柳字，麻沙体夭娇有如欧字，书法体娟秀有如褚字，楷体端方有如颜字。楷体是最常见的了。这里面又分出许多不同的种类来：一种是通行的正方体；还有一种是窄长的楷体，棱角最显；一种是扁短的楷体，浑厚颇有古风。还有写的书：或全体楷体，或半楷体，它们不单看来有一种密切的感觉，并且有时有古代的写本，很足以考证今本的印误，以及文字的假借。

如果在你面前的是一本旧书，则开章第一篇你便将看见许多朱色的印章，有的是雅号，有的是姓名。在这些姓名别号之中，你说不定可以发现古代的收藏家或是名倾一世的文人，那时候你便可以让幻想驰骋于这朱红的方场之中，构成许多缥缈的空中楼阁来。还有那些朱圈，有的圈得豪放，有的圈得森严，你可以就它们的姿态，以及它们的位置，悬想出读这本书的人是一个少年，还是老人；是一个放荡不羁的才子，还是老成持重的儒者。你也能借此揣摩出这主人公的命运：他的书何以流散到了人间？是子孙不肖，将他舍弃了？是遭兵逃反，被一班庸奴偷窃出了他的藏书楼？还是运气不好，家道中衰，自己将它售卖了，来填偿债务，或是支持家庭？书的旧主人是这样，我呢？我这书的今主人呢？他当时对着雕花的端砚，拿起新发的朱笔，在清淡的炉香气息中，圈点这本他心爱的书，那时候，他是绝想不到这本书的未来命运。他自己的未来命运，是个怎样的结局，正如这现在读着这本书的我，不能知道我未来的命运将要如何一般。

更进一层，让我们来想象那作书人的命运：他的悲哀，他的失望，无一不自然地流露在这本书的字里行间。让我们读的时候，时而跟着他啼，时而为他扼腕叹息。要是不幸上再加上不幸，遇到秦始皇或是董卓，将他一生心血呕成的文章，一把火烧为乌有，或是像《金瓶梅》《红楼梦》《水浒》一般命运，被浅见者标作禁书，那更是多么可惜的事情啊！

天下事真是不如意的多。不讲别的，只说书这件东西，它是再与世无争也没有的了，也都要受这种厄运的摧残。至于那琉璃一般脆弱的美人，白鹤一般兀傲的文士，他们的遭忌更是不可言喻了。试想含意未伸的文人，他们在不得意时，有的采樵，有的放牛，不仅无异于庸人，并且备受家人或主子的轻蔑与凌辱；然而他们天生性格倔强，世俗越对他白眼，他却越有精神。他们有的把柴挑在背后，拿书在手里读；有的骑在牛背上，将书挂在牛角上读；有的在蚊声如雷的夏夜，囊了萤照着书读；有的在寒风冻指的冬夜，拿了书映着雪读。然而时光是不等人的，等到他们学问已成的时候，眼睛是早已花了，头发是早已白了，只是在他们的额头上新添加了一些深而长的皱纹。

咳！不如趁着眼睛还清朗，鬓发尚未成霜，多读一读“人生”这本书吧！

几种友谊

罗兰

一份豪纵，一份猖狂，一份不羁，一份敏细，加上一份无从捉摸的飘忽，就织成那样一种令人系心的性格。

一份豪纵，一份狷狂，一份不羁，一份敏细，加上一份无从捉摸的飘忽，就织成那样一种令人系心的性格。我欣赏那种来去自如的我行我素，欣赏当谈话时，忽然提起与话题全不相干的天外事；也欣赏那点对新鲜事物的好奇与穷究不舍的兴致。

对一切的才华，我都有一种发自光大的向慕。我沉迷海顿的音乐，那份欢乐感情与幸福感，通过百年的岁月，带来对人生的颂赞。某钢琴家的一首短曲令我系念至今。柴可夫斯基的《胡桃钳》，鲍洛汀的《中央亚细亚旷原》，德沃夏克的《新世界》；以至于电影《未终之歌》里的音乐和爱情，都令我难忘。

我爱放翁的诗，爱那份高傲——“挥袖上西峰，孤绝去天无尺”“零落成泥碾做尘，只有香如故”；我爱李白的豪纵——“君不见，黄河之水天上来”；苏轼的旷达——“莫听穿林打叶声，何妨吟啸且徐行”；朱希真的潇洒——“免被花迷，不为酒困，到处惺惺地”“老屋穿空，幸有无遮蔽”；稼轩的超脱放逸——“都将今古无穷事，放在愁边，放在愁边，却自移家向酒泉”，及“若教王谢诸郎在，未抵柴桑陌上尘”。

我也喜欢朋友C的性格。喜欢他那种年纪的读书人所特有的那份书卷气。那是未被“五四”完全拦截掉，而又沐了近在身边的“五四”的、那么一种虽新实旧，虽旧而又极新的书卷气，那种既拥有中国文人的种种特色，而又极其认真地探索过西方文学的书卷气。因此，在举止上从容悠闲，在见解上超逸深透，在态度上却是朴实、含蓄，而又谦虚。

才华有如一片肥沃的园地，种种可爱的性格是这片园地上的花朵。“唯大英雄能本色”，狷狂、敏细、旷达、不羁、潇洒、放逸，以至于朴实与谦虚都是真性情的流露，因此而引人激赏，惹人牵系，或可说是一种更广义、更真挚的感情的传递吧？

时常，当我有什么事迟疑不决时，就打个电话问问朋友D。他会在电话那边把问题条分缕析一番之后，为我下一个清清爽爽的决定。

对朋友D，我有一份信赖。信赖他清晰冷静的思路，与诚恳认真的性格。他既不会像现代一般人那样的自顾不暇，也不像另一些老于世故的人那般的圆滑虚伪。他不会乱捧我的为人或做事，如果他认为某些地方不好，那是真的不好；因此如果他说好，我才会相信他不是敷衍或客套。有时我有事情请他帮忙，如果他说“乐为之”，我就一定可以相信他不会一面做，一面抱怨我剥夺了他的时间，因为如果他真是没有时间，他会告诉我他忙。

他并不善于处理事务。但是他那不善处理事务的建议也正可以使我放宽心情，相信如果在事务上失败，在金钱上吃亏，你仍可感谢上帝给了你另外那厚厚一份，而不想向上帝索讨得太多。

我遇事容易激动，感情常常走在理智前面，因此徒增许多困扰。我就更喜欢有一些像D君这样的朋友，冷静、坚定、能高瞻远瞩视野远阔，如同广播发射台的塔架，使我也能学习尝试用他们那样冷静而坚定的眼光去分析问题、辩论事理，而又始终使自己置身事外，保持超然。

有些朋友是在精神领域上相接近的，可以谈诗文、论音乐，讲人生悟境。另有些朋友不是互相谈心的，那是另一种友谊，有另一种可爱可敬处。

比如说，今年早春某天，读高中的老大忽然坚持要去山中露营。而他两天前还在感冒发烧，我不允他去，他执意要去，说感冒已愈，不必过分小心，并且已经与同学约好，不能失信。当下使我大感为难，无奈之下想起做医生的朋友E，拨了个电话给他，问他要主意。他在电话那边立刻用坚决的语气说：

“开玩笑！不能去！”

于是，我把朋友E的决定告诉老大——医生的话当不是毫无根据，不能再说我过分小心了吧？

老大虽深怪E君多事，但却取消了原有的计划。

能有几个人肯如此为你负责地下如此的决定呢？就因为现在乡愿式的人太多，人人都知道为别人下决定是大难事，也是最不易讨好的事，因此我们日常多听到依违两可、不负责任的话。直言诤谏，明知道会惹人不高兴的事，谁肯做呢？何况他是医生，以目前把赚钱放在医德之上的风气来说，你得了肺炎，我才有生意可做呢！何必挨骂不讨好？

老大先是怨他，继而服他、敬他。这才是我的朋友，他的长辈。这才是真关心，不顾自己被抱怨，而只想到你的安全。

像这样的朋友，而且还不止一位。

别看我平时常为别人分析问题，但轮到我自己有些生活上的实际事务须待解决时，却常举棋不定。如女儿报考高中，某些学校要不要去考考看呢？有事要去高雄，是买坐卧两用的观光号票，还是买对号车的卧铺票呢？请客的时候，怎样请才最省事呢？热水器要哪一种呢？有朋友要搬到家里来住，可以不可以呢？

诸如此类，只要我问到朋友F，他总会给你一个迅速而肯定的抉择。“你要带她去考才对。”“对号卧铺好得多了。”“请吃蒙古烤肉算啦！”“买个电热水器吧！我家用的那个牌子就好。”“谁要搬到你家里来住？女的呀？不行！”

简单明了，连理由都不用说，就这么决定。我真的由衷感谢这种快刀斩乱麻式的决断。就好像你原来置身在一个嘈杂混乱的场所，忽然有人把电钮一关，一切都在瞬间归于宁静，使你立觉神清气爽。你发现，原来刚才的一番混乱只是一种幻觉，而你那认为不可终日的烦心的问题，原来如此简单的一句话即可解决。这种“有人为你负责”的轻快心情，常伴随着无限的感动以俱来。

不是吗？这年头，能有多少人肯如此真诚地、有担当地来为朋友决定问题呢？

谈朋友

罗兰

我们谈诗，谈音乐，谈对远方的憧憬，谈属于少女们的罗曼蒂克的梦。

我一生喜欢朋友。上学的时候，真说得上是“交友甚广”，从最高班到最低班，加上学院部各系，以及劳师、简师、乡师、幼师各部，每一班都有我的朋友，所以直到现在，只要遇见老同学，提哪一班，我都有熟人，甚至连姓名都不会忘记。喜欢朋友的天性，使我在上学时大部分的时间都和朋友在一起，读书反而成了次要的事。而我的朋友是各种性格都有的，有喜欢运动的，有喜欢音乐的，有喜欢吃零食的，有喜欢聊天散步的。也就因为如此，所以，我才左右逢源。看运动会时，因为运动员中有我的好朋友，所以，我比别人看得格外起劲，也使我比别人更了解运动规则和各项运动的花花絮絮。有音乐会的时候，我也比别人开心。因为演奏或演唱的人是我的朋友，我第一个被她们的琴韵或歌声感动。当我想要聊天的时候，我有喜欢聊天的朋友。当我想要散步的时候，我有喜欢散步的朋友。甚至我想溜出校门去买零食的时候，也自有这一方面志同道合的朋友与我偕行。而当我为应付考试而不得不开夜车的时候，我找班上功课最好的朋友，她可以做我临时恶补的老师。

学生时代的朋友真可说是多彩多姿。离开学校，走入社会之后，所接触的人，不若学校的同学那样容易相处。所以，在刚开始做事时，所经常来往的仍是以前在学校时所交下的一些朋友。最令我怀念的是一位会填词的同学，她比我班次低。离开了学校之后，赶上抗战，我有一段时期，在乡下教书，学校发不出薪水，生活很苦。那时，她接济我一切的费用，连写信的邮票都是她附在信中寄来。逢到寒暑假，总是她寄旅费来，让我到天津她的住处去度假。假期里，一切吃用固然是她盛情招待，就连肥皂、牙膏等一应日常用品，她也在开学之前为我买齐。然后，买张车票把我送回学校。而我们在她那间租来的小屋里，成天谈的都是些虚无缥缈。我们谈诗，谈音乐，谈对远方的憧憬，谈属于少女们的罗曼蒂克的梦。现实问题反而不在我们谈话的范围之内。过了几年之后，这位好朋友环境转坏，而我开始有了一点余力，于是，轮到我为她找工作，接济她的生活。

我一直相信，好朋友多半都是在学校的时候交到的。走入社会之后，虽也偶尔遇到一些谈得来的，或在工作上必须合作的人，而且感情似乎也相当接近，但总觉其中缺少一些真正的坦白或诚挚，彼此丝毫不存成见、不设防备的时候就很少。

我常说，一个人，一旦懂得如何由别人的环境（而不由他的本人）去衡量别人的时候，他就不容易交到真正的朋友了。读书的时候，大家穿一样的制服，过一样的生活，受一样的待遇，仿佛同学每一个人生来就是相同的。很少有机会去想到某个同学的家世、出身与背景。因此，大家的感情是发于自然，不带功利与实用的目的的。走入社会之后，衡量人的标准就很自然的有了改变。在认识一个人之前，几乎无可避免地要先了解他的家世与背景。而一旦掺入了这些了解，那感情就无论如何也无法再像同学之间那么真挚与单纯了。

我不知别人是否如此，我却是直到现在，仍然毫无办法地喜欢单纯的由一个人的本身去认识他。有时，当我与一个人交往了很久之后，忽然发现了他（或她）有某些显赫的家人或亲戚关系，我就难免感到失望。友情似乎只有在单独的个人之间最容易维持。此外，一切的关系都会对友情有或多或少的牵制。这种情形，在结婚之后，就更为明显。丈夫的朋友不见得是太太的朋友，太太的朋友更不见得是丈夫的朋友。尤其这其间还牵涉到不同性别所造成的顾忌，也容易使人动辄得咎。而大家为了迁就家庭，往往宁愿放弃或疏远朋友。不久以前，我想约几位老同学聚一聚，左约右约，这个时间不行，那个时间有事；有的是“老爷”在家，她不便擅离职守，有的是“老爷”不在家，她更不便擅离职守。那么，把“老爷”一同请来呢，大家又一致认为有了他们，谈话都不自由，结果还是吹了。不是女人不要朋友，而是女人结了婚就不属于自己。其实，男人又何独不然？他们结了婚，也同样不属于自己。为了家庭，总不可避免要牺牲一些朋友——特别是那些最适于做朋友的“名士派”的朋友。

而且，人们社会经验越深，对朋友二字的了解就越差。前几天，我打电话约一位我认识不久但很谈得来的女士，到舍下小聚。她很世故地一面答应，一面道谢，一面说：“其实，你有什么事要我做，在电话里交代一下，也就行了，何必这么客气呢？”当下，我真是欲辩无从，怎么说呢？她已经被功利的人们包围惯了，因而觉得所有的友谊都隐藏着一点功利的目的。而我对她那一点真正的友谊也就无从辨认了。结果，我还是请了她，她也如期光临了。但是，我猜想，她一定到现在还在寻思，我究竟有什么地方需她帮忙。否则，以现在这样的社会，怎么会有一个傻瓜肯单单为了友谊而请客呢？

人世与幽隐

罗兰

我们的天性有此两面。一面想要表达自己并得到别人的认可，一面想要摆脱这种无形的催迫，而希望遗世独立以求得心灵的自由。

你说你很矛盾，一方面想要隐居，一方面又希望自己成为一个光耀的名人，受人注目。你说：“想隐居是因为世界太浮华，想受人注目大概是因为自己有这份才情吧？”

其实，你一点也不例外。林语堂博士就曾有名句，嘲笑自己“蜘蹰闹市说隐居”。

我也正如林博士所说，一年到头向往山林幽隐，却极少时间真的去看看山林，别说在山林去居住了。

原因是什么呢？为什么人们经常是一面喜欢幽隐，一面卷入繁华呢？

我想，这就正是人的天性了！

我们的天性有此两面。一面想要表达自己并得到别人的认可，一面想要摆脱这种无形的催迫，而希望遗世独立以求得心灵的自由。

事实上，我们无论有多高的才华与才干，如果这世界只剩了自己，也就证明不了自己的价值，我们必须在人群之中，通过别人的评价，得到别人的接纳，才会显出个人的价值。而这对个人价值的肯定，是每个人先天的需求。如果说，人生有什么意义，那么，这一肯定，就是使人觉得有意义的力量之一。否则，穿衣吃饭，以终天年，岂不枉来一世。

我想，造物者一定在当初创造的时候，给了人类一种任务。它让我们彼此帮忙，各自贡献所长，使大家能互相弥补，彼此照顾。卖菜的、送货的、收垃圾的，弥补艺术家的虚无缥缈；艺术家弥补人们在现实生活中，对精神自由的渴求。商人帮忙艺术家去推销他们的作品，使它能够普及；艺术家给商人心灵上的提升，也给商人带来金钱财富。世上有喜欢烹调的人，有喜欢种菜的人，有喜欢操纵机器的人，有喜欢发明的人……各式各样的人们，组成了社会，生活才可以顺畅安逸，不致发生问题。

前几年，我去欧洲旅行，一进伦敦市区，未见想象中英伦街道之美，反而触目皆是堆积如山的垃圾袋，排在家家户户的门前，原来那一阵，倒垃圾的工人闹罢工，硬是不把垃圾车出动。高贵的英伦仕女们变成最束手无策的一群。因此，格外使人想到，在这社会上，没有谁比谁更高一级，而只有谁能付出自己所会做的一份去使别人得到什么好处。能有这一份付出，而得到别人欢迎的人，就是受到接纳，肯定了他生存的价值的人。

我们“踟蹰闹市”的原因，就是在寻求这份肯定。因此所谓的人世，它基本的动机，其实是在要求“付出”。当他有收获的时候，所得到的无论是钱或是名，都是一种被肯定的象征。这就会使我们觉得快乐，觉得不白活，也觉得安全。

所以，入世并不是虚荣，也并不违背我们所向往的超然于世俗之外的那另一种完成。

幽隐是另一种找到自己、面对自己的方式，单是在人群中得到肯定，往往并不能使我们觉得满足。我们还时常需要有机会面对自己，认识自己，并且有机会冷眼旁观，独立思考。事实也是如此，在人群中，我们往往不太有机会静下来思想，也不太有机会使自己继续地充实，未免有点担心自己会失去了独特的价值，因而也失去了被人接纳与认可的条件。因此，认真说来，要求幽隐的基本动机也是在于对自己个人价值的要求肯定，要求稳固，为免在人群中失去了有所贡献的能力，才希望“退而结网”。

这两者，在基本出发点上并不矛盾，是不是？

既然幽隐的内在动机并不完全是逃避，而很可能是“以退为进”的另一种求取被别人肯定，也被自己肯定的方式，那就不是消极，而是积极的了。

竹林七贤至今传名，他们也是在用隐遁的方式来求取至少自己对自己的肯定。而他们的特立独行，也使世人用另一种心情接纳。因为他们代表了人们时或也会有的一种对遗世独立的神往。

事实上，“遗世独立”也只要神往一下，就足能产生“清燥热，止烦渴”之效了。谁能真的“遗世独立”呢?

我曾写过一篇文章叫《寄给梦想》，内容就是写我自己想去七星山外买地造屋去幽隐，但最后却醒悟，自己根本不可能到那儿去住。大概这一境界也只是“虽不能至，心向往之”而已吧?

能满足这份遁世之念的，大概还是旅行。我常觉得旅行就是在摆脱日常琐务的牵绊，就是最好的方法在找到自己，面对自己，而用“跳出三界外，不在五行中”的心情，来回顾自己奔波其中的这世界。旅行是不消极的，但它有“逃离”的作用。这旅行，最好是一个人走，当实在不能一个人走的时候，也至少是参加一个谈得来的团体，让大家一致同心地“逃离”现实一段时间。这是很好的一种治疗，也是很有效的一种“充实”。能有机会重新整理自己，辨认方向，了解人间世界。然后，你将发现，它会使你非常想要回到原先你所厌倦的那个日常的、繁嚣的、机械的、平淡的或浮华的世界，去为别人做事，也接受无数的别人，直接间接，为你所做的服务。

谈自己的画

丰子恺

我终于不能谈自己的画。一定要谈，我只能在这里谈谈自己的生活和心情的一面，拿来代替谈自己的画吧。

去秋语堂先生来信，嘱我写一篇《谈漫画》。我答允他一定写，然而只管不写。为什么答允写呢？因为我是老描“漫画”的人，约十年前曾经自称我的画集为“子恺漫画”，在开明书店出版。近年来又不断地把“漫画”在各杂志和报纸上发表，惹起几位读者的评议。还有几位出版家，惯把《子恺漫画》四个字在广告中连写起来，把我的名字用作一种画的形容词；有时还把我夹在两个别的形容词中间，写作“色彩子恺新年漫画”（见开明书店本年一月号《中学生》广告）。这样，我和“漫画”的关系就好像很深。近年我被各杂志催稿，随便什么都谈，而独于这关系好像很深的“漫画”不谈，自己觉得没理由，而且也不愿意，所以我就答允他一定写稿。为什么又只管不写呢？因为我对于“漫画”这个名词的定义，实在没有弄清楚：说它是讽刺的画，不尽然，说它是速写画，又不尽然；说它是黑和白的画，有色彩的也未始不可称为“漫画”，说它是小幅的画，小幅的不一定都是“漫画”。原来我的画称为漫画，不是我自己做主的，十年前我初描这种画的时候，

《文学周报》编辑部的朋友们说要拿我的“漫画”去在该报发表。从此我才知我的画可以称为“漫画”，画集出版时我就遵用这名称，定名为“子恺漫画”。这好比我的先生（从前浙江第一师范的国文教师单不厂先生，现在已经逝世了）根据了我的单名“仁”而给我取号为“子恺”，我就一直遵用到今。我的朋友们或者也是有所根据而称我的画为“漫画”的，我就信受奉行了。但究竟我的画为什么称为“漫画”？可否称为“漫画”？自己一向不曾确知。自己的画的性状还不知道，怎么能够普遍地谈论一般的漫画呢？所以我答允了写稿之后，踌躇满胸，只管不写。

最近语堂先生又来信，要我履行前约，说不妨谈我自己的画。这好比大考时先生体恤学生抱佛脚之苦，特把题目范围缩小。现在我不可不缴卷了，就带着眼病写这篇稿子。

把日常生活的感兴用“漫画”描写出来——换言之，把日常所见的可惊可喜可悲可之相，就用写字的毛笔草草地图写出来——听人拿去印刷了给大家看，这事在我约有了十年的历史，仿佛是我的一种习惯了。中国人崇尚“不求人知”，西洋人也有“What's in your heart let no one know”的话。我正同他们相反，专门画给人家看，自己却从未仔细回顾已发表的自己的画。偶然在别人处看到自己的画册，或者在报纸、杂志中翻到自己的插画，也好比在路旁商店的样子窗中的大镜子里照见自己的面影，往往一瞥就走，不愿意细看。这是什么心理？很难自知。勉强平心静气观察自己，大概是为了太稔熟，太关切，表面上反而变疏远了的缘故。中国人见了朋友或相识者都打招呼，表示互相亲爱，但见了自己的妻子，反而板起脸不搭白，表示疏远的样子。我的不欢喜仔细回顾自己的画，大约也是出于这种奇妙的心理的吧？

但现在要我写这个题目，我非仔细回顾自己的画不可了。我找集从前出版的《子恺漫画》《子恺画集》等书来从头翻阅，又把近年来在各杂志和报纸上发表的画的副稿来逐幅细看，想看出自己的画的性状来，作为本题的材料。结果大失所望。我全然没有看到关于画的事，只是因了这一次的检阅，而把自己过去十年间的生活与心情切实地回味了一遍，心中起了一种不可名状的感慨，竟把画的一事完全忘却了。

因此我终于不能谈自己的画。一定要谈，我只能在这里谈谈自己的生活和心情的一面，拿来代替谈自己的画吧。

约十年前，我家住在上海。住的地方迁了好几处，但总无非是一楼一底的“弄堂房子”，至多添了一间过街楼。现在回想起来，上海这地方真是十分奇妙：看似那么忙乱的，住在那里却非常安闲，家庭这小天地可与忙乱的环境判然地隔离，而安闲地独立。我们住在乡间，邻人总是熟识的，有的比亲戚更亲切，白天门总是开着的，不断的有人进进出出；有了些事总是大家传说的，风俗习惯总是大家共通的。住在上海完全不然。邻人大都不相识，门整日严扃着，别家死了人与你全不相干。故住在乡间看似安闲，其实非常忙乱，反之，住在上海看似忙乱，其实非常安闲。关了前门，锁了后门，便成一个自由独立的小天地。在这里面由你选取甚样风俗习惯的生活：宁波人尽管度宁波俗的生活，广东人尽管度广东俗的生活。我们是浙江石门湾人，住在上海也只管说石门湾的土白，吃石门湾式的饭菜，度石门湾式的生活，却与石门湾相去数百里。现在回想，这真是一种奇妙的生活！

除了出门以外，在家里所见的只是这个石门湾式的小天地。有时开出后门去换掉些头发（《子恺画集》六四页），有时从过街楼上挂下一只篮去买两只粽子（《子恺漫画》七〇页）；有时从洋台眺望屋瓦间浮出来的纸鸢（《子恺漫画》六三页），知道春已来到上海。但在我们这个小天地中，看不出春的来到。有时几乎天天同样，辨不出今日和昨日。有时连日没有一个客人上门，我妻每天的公事，就是傍晚时光抱了瞻瞻，携了阿宝，到弄堂门口去等我回家（《子恺漫画》六九页）。两岁的瞻瞻坐在他母亲的臂上，口里唱着“爸爸还不来！爸爸还不来！”六岁的阿宝拉住了她娘的衣裾，在下面同他和唱。瞻瞻在马路上扰攘往来的人群中认到了带着一叠书和一包食物回家的我，突然欢呼舞蹈起来，几乎使他母亲的手臂撑不住。阿宝陪着他在下面跳舞，也几乎撕破了她母亲的衣裾。他们的母亲呢，笑着喝骂他们。当这时候，我觉得自己立刻化身为二人。其一人做了他们的父亲或丈夫，体验着小别重逢时的家庭团圆之乐，另一个人呢，远远地站了出来，从旁观察这一幕悲欢离合的活剧，看到一种可喜又可悲的世间相。

他们这样地欢迎我进去的，是上述的几与世间绝缘的小天地。这里是孩子们的天下。主宰这天下的，有三个角色，除了瞻瞻和阿宝之外，还有一个是四岁的软软，仿佛罗马的三头政治。日本人有Tototenka（父天下）、Kakatenka（母天下）之名，我当时曾模仿他们，戏称我们这家庭为Tsetsetenka（瞻瞻天下）。因为瞻瞻在这三人之中势力最盛，好比罗马三头政治中的领青。我呢，名义上是他们的父亲，实际上是他们的臣仆，而我自己却以为是站在他们这政治舞台下面的观剧者。丧失了美丽的童年时代，送尽了蓬勃的青年时代，而初入黯淡的中年时代的我，在这群真率的儿童生活中梦见了自己过去的幸福，觅得了自己已失的童心。我企慕他们的生活天真，艳羡他们的世界广大。觉得孩子们都有大丈夫气，大人比起他们来，个个都虚伪卑怯，又觉得人世间各种伟大的事业，不是那种虚伪卑怯的大人们所能致，都是具有孩子们似的大丈夫气的人所建设的。

我翻到自己的画册，便把当时的情景历历地回忆起来。例如：他们跟了母亲到故乡的亲戚家去看结婚，回到上海的家里时也就结起婚来。他们派瞻瞻做新官人。亲戚家的新官人曾经来向我借一顶铜盆帽。（注：当时我乡结婚的男子，必须戴一顶铜盆帽，穿长衫马褂，好像是代替清朝时代的红缨帽子外套的。我在上海日常戴用的呢帽，常常被故乡的乡亲借去当作结婚的大礼帽用。）瞻瞻这两岁的小新官人也借我的铜盆帽去戴上了。他们派软软做新娘子。亲戚家的新娘子用红帕子把头蒙住，他们也拿母亲的红包袱把软软的头蒙住了。一个戴着铜盆帽好像苍蝇戴豆壳，一个蒙住红包袱好像猢狲扮把戏，但两人都认真得很，面孔板板的，跨步缓缓的，活像那亲戚家的结婚式中的人物。宝姐姐说“我做媒人”，拉住了这一对小夫妇而教他们参天拜地，拜好了又送他们到用凳子搭成的洞房里（见《子恺画集》第三七页）。

我家没有一个好凳子，不是断了脚的，就是擦了漆的。它们当凳子给我们坐的时候少，当游戏工具给孩子们用的时候多。在孩子们，这种工具的用处真真广大：请酒时可以当桌子用，搭棚棚时可以当墙壁用，做客人时可以当船用，开火车时可以当车站用。他们的身体比凳子高得有限，看他们搬来搬去非常吃力。有时汗流满面，有时被压在凳子底下。但他们好像为生活而拼命奋斗的劳动者，决不辞劳。汗流满面时可用一双泥污的小手来揩摸，被压在凳子底下时只要哭脱几声，就带着眼泪去工作。他们真可说是“快活的劳动者”（《子恺画集》三四页）。哭的一事。在孩子们有特殊的效用。大人们惯说“哭有什么用”原是为了他们的世界狭窄的缘故。在孩子们的广大世界里，哭真有意想不到的效力。譬如跌痛了，只要尽情一哭，比服凡拉蒙灵得多，能把痛完全忘却，依旧遨游于游戏的世界中。又如泥人跌破了，也只要放声一哭，就可把泥人完全忘却，而热衷于别的玩具（《子恺画集》一六页）。又如花生米吃得不够，也只要号哭一下，便好像已经吃饱，可以起劲地去干别的工作了（《子恺漫画》六六页）。总之，他们干无论什么事都认真而专心，把身心全部的力量拿出来干。哭的时候用全力去哭，笑的时候用全力去笑，一切游戏都用全力去干。干一件事的时候，把除这以外的一切别的事统统忘却。一旦拿了笔写字，便把注意力全部集中在纸上（《子恺漫画》六八页）。纸放在桌上的水痕里也不管，衣袖带翻了墨水瓶也不管，衣裳角拖在火钵里燃烧了也不管。一旦知道同伴们有了有趣的游戏，冬晨睡在床里的会立刻从被窝钻出，穿了寝衣来参加，正在换衣服的会赤了膊来参加（《子恺漫画》九〇页）；正在洗浴的也会立刻离开浴盆，用湿淋淋的赤身去参加。被参加的团体中的人们对于这浪漫的参加者也恬不为怪，因为他们大家把全精神沉浸在游戏的兴味中，大家入了“忘我”的三昧境，更无余暇顾到实际生活上的事及世间的习惯了。

成人的世界，因为受实际的生活和世间的习惯的限制，所以非常狭小苦闷。孩子们的世界不受这种限制，因此非常广大自由。年纪愈小，其所见的世界愈大。我家的三头政治团中瞻瞻势力最大，便是为了他年纪最小，所处的世界最广大自由的缘故。他见了天上的月亮，会认真地要求父母给他捉下来（《儿童漫画》），见了已死的小鸟，会认真地喊它活转来（《子恺画集》二八页），两把芭蕉扇可以认真地变成他的脚踏车（《子恺画集》一七页），一只藤椅子可以认真地变成他的黄包车（《子恺画集》一八页），戴了铜盆帽会立刻认真地变成新官人，穿了爸爸的衣服会立刻认真地变成爸爸（《子恺漫画》九五页）。照他的热诚的欲望，屋里所有的东西应该都放在地上，任他玩弄，所有的小贩应该一天到晚集中在我家的门口，由他随时去买来吃弄，房子的屋顶应该统统除去，可以使他在家里随时望见月亮、鹞子和飞机，眠床里应该有泥土，种花草，养着蝴蝶与青蛙，可以让他一醒觉就在野外游戏（《子恺画集》二〇页）。看他那热诚的态度，以为这种要求绝非梦想或奢望，应该是人力所能办到的。他以为人的一切欲望应该都是可能的。所以不能达到目的的时候，便那样愤慨地号哭。拿破仑的字典里没有“难”字，我家当时的瞻瞻的词典里一定没有“不可能”之一词。

我企慕这种孩子们的生活的天真，艳羡这种孩子们的世界的广大。或者有人笑我故意向未练的孩子们的空想界中找求荒唐的乌托邦，以为逃避现实之所，但我也可笑他们的屈服于现实，忘却人类的本性。我想，假如人类没有这种孩子们的空想的欲望，世间一定不会有建筑、交通、医药、机械等种种抵抗自然的建设，恐怕人类到今日还在茹毛饮血呢。所以我当时的心，被儿童所占据了。我时时在儿童生活中获得感兴。玩味这种感兴，描写这种感兴，成了当时我的生活的习惯。

欢喜读与人生根本问题有关的书，欢喜谈与人生根本问题有关的话，可说是我的一种习性。我从小不欢喜科学而欢喜文艺。为的是我所见的科学书，所谈的大都是科学的枝末问题，离人生根本很远，而我所见的文艺书，即使最普通的《唐诗三百首》《白香词谱》等，也处处含有接触人生根本而耐人回味的字句。例如我读了“想得故园今夜月，几人相忆在江楼”，便会设身处地地做了思念故园的人，或江楼相忆者之一人，而无端地兴起离愁。又如读了“流光容易把人抛，红了樱桃，绿了芭蕉”，便会想起过去的许多的春花秋月，而无端地兴起惆怅。我看见世间的大人都为生活的琐屑事件所迷着，都忘记人生的根本，只有孩子们保住天真，独具慧眼，其言行多足供我欣赏者。八指头陀诗云：“吾爱童子身，莲花不染尘。骂之唯解笑，打亦不生嗔。对境心常定，逢人语自新。可慨年既长，物欲蔽天真。”我当时曾把这首诗用小刀刻在香烟嘴的边上。

这只香烟嘴一直跟随我，直到四五年前，有一天不见了。以后我不再刻这诗在什么地方。四五年来，我的家里同国里一样的多难：母亲病了很久，后来死了，自己也病了很久，后来没有死。这四五年间，我心中不觉得有什么东西占据着，在我的精神生活上好比一册书里的几页空白。现在，空白页已经翻厌，似乎想翻出些下文来才好。我仔细向自己的心头探索，觉得只有许多乱杂的东西忽隐忽现，却并没有一物强固地占据着。我想把这几页空白当作被开的几个大“天窗”，使下文仍旧继续前文，然而很难能。因为昔日的我家的儿童，已在这数年间不知不觉地变成了少年少女，行将变为大人。他们已不能像昔日的占据我的心了。我原非一定要拿自己的子女来作为儿童生活赞美的对象，但是他们由天真烂漫的儿童渐渐变成拘谨驯服的少年少女，在我眼前实证地显示了人生黄金时代的幻灭，我也无心再来赞美那昙花似的儿童世界了。

古人诗云："去日儿童皆长大，昔年亲友半凋零。"这两句确切地写出了中年人的心境的虚空与寂寥。前天我翻阅自己的画册时，陈宝（就是阿宝，就是做媒人的宝姐姐）、宁馨（就是做新娘子的软软）、华瞻（就是做新官人的瞻瞻）都从学校放寒假回家，站在我身边同看。看到"瞻瞻新官人，软软新娘子，宝姐姐做媒人"的一幅，大家不自然起来。宁馨和华瞻脸上现出忸怩的笑，宝姐姐也表示决不肯再做媒人了。他们好比已经换了另一班人，不复是昔日的阿宝、软软和瞻瞻了。昔日我在上海的小家庭中所观察欣赏而描写的那群天真烂漫的孩子，现在早已不在人间了！他们现在都已疏远家庭，做了学校的学生。他们的生活都受着校规的约束，社会制度的限制，和世智的拘束，他们的世界不复如昔日那样广大自由，他们早已不做"房子没有屋顶"和"眠床里种花草"的梦了。他们已不复是"快活的劳动者"，正在为分数而劳动，为名誉而劳动，为知识而劳动，为生活而劳动了。

我的心早已失了占据者。我带了这虚空而寂寥的心，彷徨在十字街头，观看他们所转入的社会，我想象这里面的人，个个是从那天真烂漫、广大自由的儿童世界里转出来的。但这里没有“花生米不满足”的人，却有许多面包不满足的人。这里没有“快活的劳动者”，只见锁着眉头的引车者，无食无衣的耕织者，挑着重担的颁白者，挂着白须的行乞者。这里面没有像孩子世界里所闻的号陶的哭声，只有细弱的呻吟，吞声的呜咽，幽默的冷笑，和愤慨的沉默。这里面没有像孩子世界中所见的不屈不挠的大丈夫气，却充满了顺从、屈服、消沉、悲哀，和诈伪、险恶、卑怯的状态。我看到这种状态，又同昔日带了一叠书和一包食物回家，而在弄堂门口看见我妻提携了瞻瞻和阿宝等候着那时一样，自己立刻化身为二人。其一人做了这社会里的一分子，体验着现实生活的辛味，另一人远远地站出来，从旁观察这些状态，看到了可惊可喜可悲可哂的种种世间相。然而这情形和昔日不同：昔日的儿童生活相能“占据”我的心，能使我归顺它们，现在的世间相却只是常来“袭击”我这空虚寂寥的心，而不能占据，不能使我归顺。因此我的生活的册子中，至今还是继续着空白的页，不知道下文是什么。也许空白到底，亦未可知啊。

为了代替谈自己的画，我已把自己十年来的生活和心情的一面在这里谈过了。但这文章的题目不妨写作“谈自己的画”。因为：一则我的画与我的生活相关联，要谈画必须谈生活，谈生活就是谈画。二则我的画既不摹拟什么八大山人、七大山人的笔法，也不根据什么立体派、平面派的理论，只是像记账般地用写字的笔来记录平日的感兴而已。因此关于画的本身，没有什么话可谈，要谈也只能谈谈作画时的因缘罢了。

本书制作团队有幸得到多方协助，取得本书著作使用权，但终因能力有限，仍有个别作者无法取得联系，在此致以诚挚的歉意。敬请相关作者看到本书后与我们联络，以便奉上稿酬。

图书在版编目（CIP）数据

从容是一辈子的事 / 林清玄等著. —北京：九州出版社，2018.1

ISBN 978-7-5108-6121-5

Ⅰ. ①从… Ⅱ. ①林… Ⅲ. ①散文集－中国－当代 Ⅳ. ①I267

中国版本图书馆CIP数据核字（2018）第033786号

从容是一辈子的事

作　　者　林清玄等　著
出版发行　九州出版社
地　　址　北京市西城区阜外大街甲35号(100037)
发行电话　(010）68992190/3/5/6
网　　址　www.jiuzhoupress.com
电子信箱　jiuzhou@jiuzhoupress.com
印　　刷　三河市中晟雅豪印务有限公司
开　　本　810毫米×1190毫米　32开
印　　张　6.75
字　　数　150千字
版　　次　2018年4月第1版
印　　次　2018年4月第1次印刷
书　　号　ISBN 978-7-5108-6121-5
定　　价　28.00元

★ 版权所有　侵权必究 ★